Jan Peter Bremer
Der junge Doktorand

Jan Peter Bremer

Der
junge
Doktorand

Roman

PIPER

Mehr über unsere Autorinnen, Autoren und Bücher:
www.piper.de

Wenn Ihnen dieser Roman gefallen hat, schreiben Sie uns unter Nennung des Titels »Der junge Doktorand« an *empfehlungen@piper.de,* und wir empfehlen Ihnen gerne vergleichbare Bücher.

Von Jan Peter Bremer liegen im Piper Verlag vor:
Feuersalamander
Paläste
Der amerikanische Investor
Der junge Doktorand

Der Autor dankt der Calwer Hermann-Hesse-Stiftung.

Ungekürzte Taschenbuchausgabe
ISBN 978-3-492-31787-0
September 2021
© Piper Verlag GmbH, München 2021
© Berlin Verlag in der Piper Verlag GmbH, München 2019
Umschlaggestaltung: zero-media.net, München
Umschlagabbildung: FinePic®, München;
MAIKA 777 / Getty Images
Satz: Satz für Satz, Wangen im Allgäu
Gesetzt aus der Baskerville
Druck und Bindung: CPI books GmbH, Leck
Printed in the EU

»Ein Schriftsteller ist eine Person,
die sich der Illusion hingibt,
es werde ein weiteres Buch
von ihr erwartet.«
Reinhard Lettau

Seit einer Weile schon lauschte sie dem gleichmäßigen Atmen ihres Mannes nach. Jetzt drehte sie sich auf den Rücken, öffnete die Augen und sah ins blasse Licht, das durch das Fenster des Schlafzimmers hereinfiel. Warum nur war sie schon wieder wach? Es war doch noch viel zu früh. Die ganze Nacht hatte sie kaum geschlafen. Dabei musste sie heute ausgeruht sein. Heute musste sie sich im Griff haben. Es ließ sich doch gar nicht abschätzen, was ihr an diesem Tag noch alles bevorstand. Die Ankunft des jungen Doktoranden am späten Abend hatte sie völlig überrumpelt. Natürlich hatte sie mit dieser Ankunft rechnen müssen. Aber wie hätte sie das tun sollen? Es ließ sich ja auch kein vernünftiger Grund dafür finden, warum er jetzt tatsächlich gekommen war. Wie in einem Film so unwirklich war er aus dem Nichts aufgetaucht. Deshalb spürte sie auch noch immer das Befremden, das sie gestern sogleich erfasst hatte, als plötzlich diese Autolichter in ihrem Wohnzimmer aufleuchteten. Mit schweren Lidern hatte sie da bereits gemütlich auf der Couch gelegen und mit einem

Mal hellwach zu ihrem Mann hingesehen, der wie erstarrt in seinem Sessel saß. »Wer kann denn das sein?«, hatte er noch zu ihr hin gefragt, als der schwere Eisenbeschlag schon gegen ihre Tür hämmerte, und sich dann zögerlich erhoben, um leicht gekrümmt mit schleichenden Schritten im Flur zu verschwinden. Schnell hatte sie mit emporgestreckten Händen ein Stoßgebet zum Himmel geschickt, dass es bloß nicht der junge Doktorand sein möge, aber noch während sie sich erhob, hatte sie schon die Stimme ihres Mannes von der Haustür her vernommen. »Nein, natürlich haben wir noch mit Ihnen gerechnet. Kommen Sie rein … Sie haben ja ein scheußliches Wetter mitgebracht … Bestimmt wollen Sie nach der langen Reise etwas essen … Stellen Sie das erst mal hier ab … Meine Frau Natascha wird Ihnen gleich einen herzhaften Teller zubereiten … Natascha, sieh mal, wen wir hier haben!«, und mit diesen Worten war er wieder ins Wohnzimmer getreten. »Er ist es«, hatte er ihr noch schnell zugezischt, und schon lag ihre Hand in der großen, fleischigen und nassen Hand des jungen Doktoranden, und sie hatte sie sofort wieder losgelassen und war rückwärtig in den Lehnsessel ihres Mannes gesunken. Sie war auch sehr erschöpft gewesen. Diese Tage, an denen sie und ihr Mann sich darauf einstellten, den Besuch des jungen Doktoranden zu erwarten, erforderten immer eine besondere Kraft. Ohne dass sie es sich eingestanden, waren sie beide an diesen Tagen entsprechend gereizt. Allein, dass ihr Mann an diesen Tagen schon am Frühstückstisch, während er den Kopf mechanisch über die Zeitung hielt, nervös mit seinen kurzen Fingern schnippte, ließ sie innerlich fast aus der Haut fahren. Dabei wusste sie, dass seine Gedanken sich genau wie ihre auf nichts anderes als die Ankunft des Postautos richteten. Nur war es halt seit jeher ihre Aufgabe, die Post am Vormittag aus dem Briefkasten zu holen, und wenn sie dann wieder ins Haus trat, hatte sich ihr Mann bereits nach oben in sein Atelier zurückgezogen. Es war ja auch, wie sie die Erfahrung gelehrt hatte, völlig aussagelos, ob sie die Postkarte, mit der der junge Doktorand seinen angekündigten Besuch wieder absagte, an diesem Tag im Briefkasten vorfand oder nicht. Das hatte sie sich gestern ebenfalls gesagt, als sie mit nichts als der Werbebroschüre des örtlichen Supermarkts wieder ins Haus getreten war, und sich über die nächsten Stunden mantraartig vorgebetet, dass es auch dieses Mal nicht den geringsten Grund zur Beunruhigung gäbe, dass auch dieses Mal das Ausbleiben der Postkarte keinerlei Bedeutung haben würde, weil nämlich, wie sie sich immer wieder vor Augen führte, von den neun Postkarten, mit denen der junge Doktorand seine bisherigen neun angekündigten Besuche wieder abgesagt hatte, sieben erst einen oder sogar zwei Tage nach dem Termin bei ihnen eingetroffen waren. Dennoch hatte auch diese scheinbare Gewissheit ihre heimliche Erregung nicht völlig dämpfen können. Sogar die große Portion Gulasch, die zu kochen ihr Mann ihr an diesen Tagen immer auftrug und von der sie dann zu zweit meist noch eine ganze Woche zehrten, hatte sie versalzen, und erst am Abend, als sie schon längst auf der Couch lag, fühlte sie, wie die Last des Tages allmählich von ihr wich und einer wohligen Entspannung Platz machte. Nur das erklärte ihren Schreck, der ihr mit dem Aufleuchten der Autolichter in ihrem Wohnzimmer in die Glieder gefahren war. Wer anderes als er hätte denn noch um diese Zeit zu ihnen kommen sollen? Nass klebte ihm das Haar am Kopf, und seine Lederjacke war an den Schultern dunkel verfärbt. Es war ja auch ein großes Pech, dass es ausgerechnet gestern Abend so stark hatte regnen müssen. Aber selbst wenn es nicht geregnet und der junge Doktorand eine bessere Sicht gehabt hätte, hätte man ihm kaum einen Vorwurf daraus machen können, dass er in der Dunkelheit nicht zu ihnen gefunden hatte. Schon bei schönem Wetter am helllichten Tag war es schwierig, den Abzweig zu erkennen, der zu ihrer Wassermühle hinunterführte. Was konnte auch der junge Doktorand dafür, dass ihr Mann sich seit jeher weigerte, ein ordentliches Schild dort oben an der Straße aufzustellen, und noch weniger konnte er dafür, dass sie überhaupt in diese Einöde gezogen waren. Wäre sie damals schon so weit gewesen wie heute, niemals wäre sie ihrem Mann an diesen abgelegenen, gottverlassenen Ort gefolgt. Doch für diesen Gedanken war es seit vielen Jahrzehnten zu spät, und ebenfalls zu spät war es dafür, dem jungen Doktoranden jetzt noch eine Wegbeschreibung zu schicken. Warum nur war sie nicht schon viel früher auf diese Idee gekommen? Es war ihr doch mehr als bewusst, dass eine solche Idee nur von ihr hätte stammen können. Für alles, was einen praktischen Wert besaß, hatte ihr Mann noch nie das geringste Gespür gehabt. Ihm war es schon immer völlig egal, auf welchen Umwegen die Menschen zu ihm gelangten. So eine Fahrt wie die des jungen Doktoranden bei diesem Wetter und in dieser Dunkelheit und den Kopf auf der verzweifelten Suche nach dem Abzweig immer dicht zur Scheibe vorgebeugt, hätte genauso gut tödlich enden können. Womöglich hätten sie sogar nie erfahren, dass es sich bei dem jungen Mann, dessen Unfalltod oben auf der Straße der hiesigen Zeitung einen kleinen Absatz wert gewesen wäre, um den jungen Doktoranden handelte, der gerade auf dem Weg zu ihnen war.

Sie hörte sich aufseufzen und hob kurz die Bettdecke an, um die Hitze entweichen zu lassen, die sich um sie herum aufgestaut hatte. Wenn der junge Doktorand gestern eine exakte Beschreibung der Lage ihres Hauses dabeigehabt und deshalb nicht diesen blöden Abstecher ins nahe gelegene Städtchen gemacht hätte, um ausgerechnet in Peters Bistro nach dem Weg zu ihnen zu fragen, hätte sich seine Ankunft gar nicht zu einem Problem für sie ausweiten müssen. Mehr noch als sein plötzliches Erscheinen war es diese Tatsache, die ihr den eigentlichen Schlag versetzte. Nur ihrer Geistesgegenwärtigkeit war es zu verdanken, dass sie sich das nicht hatte anmerken lassen. Dass sie überhaupt von diesem Abstecher erfahren hatte, war ja ohnehin nur dem glücklichen Umstand geschuldet, dass sie just in dem Moment, in dem der junge Doktorand ihrem Mann gerade von seinem Stopp im Städtchen berichtete, mit dem aufgewärmten Teller Gulasch aus der Küche ins Wohnzimmer zurückgekehrt war.

»Meinen Sie etwa Peters Bistro?«, hatte sie noch im Gehen gefragt.

»Was soll er denn sonst meinen?«, hatte ihr Mann statt seiner geantwortet. »Etwas anderes hat dort am Marktplatz um diese Zeit doch gar nicht mehr geöffnet.«

»Können Sie sich denn noch erinnern«, hatte sie nun gefragt und den Teller vor den jungen Doktoranden hingestellt, »welche Tische dort alle besetzt waren?«

»Warum willst du das denn wissen? Das ist doch völlig nebensächlich«, hatte wieder ihr Mann geantwortet.

»Ich frage nur, weil mir Jutta gestern noch erzählt hat, dass sie morgen nicht gehen wollten«, hatte sie sich nun mit dieser spontanen Lüge ihrem Mann zugewendet.

»Du weißt selbst am besten, was Jutta den lieben Tag über so alles erzählt«, hatte er abgewunken. »Die gehen doch immer.«

»Ich sehe eigentlich keinen Grund, warum ich ihr nicht glauben soll, wenn sie mir so etwas erzählt«, hatte sie erwidert und sich im Hinsetzen an den jungen Doktoranden gewandt. »Hat Sie denn niemand gefragt, wer Sie sind und was Sie bei uns eigentlich …«

»Das wäre ja noch schöner«, hatte ihr Mann sie barsch unterbrochen, »unsere Gäste gehen die gar nichts an!«

»Ich stelle diese Frage auch nur«, hatte sie sich jetzt, den Blick auf die Tischmitte gerichtet, geschickt verteidigt, »weil die gar nicht wissen können, dass wir einen Gast erwarten. Der junge Mann hier hätte doch auch ein Einbrecher sein können.«

»So einer fragt aber nicht nach dem Weg!«, hatte ihr Mann dazwischengerufen.

»Das kannst du heutzutage gar nicht mehr beurteilen«, hatte sie sich nicht beirren lassen und sich wieder an den jungen Doktoranden gewandt. »Bei wem haben Sie sich denn nach dem Weg zu uns erkundigt?«

»Bei wem soll er sich schon erkundigt haben. Was stellst du bloß für dumme Fragen! Natürlich geht man in einem solchen Fall immer zum Wirt.«

»Dich habe ich nicht gefragt!«, hatte sie nun scharf in Richtung ihres Mannes gezischt und sich sogleich wieder zu dem jungen Doktoranden hingedreht, der, ohne dass sie ihm schon eine Frage gestellt hatte, bereits erschrocken nickte. Trotzdem war sie fortgefahren. »Aber die Gäste haben sicher alle zu Ihnen hingesehen?«, hatte sie gefragt. »War denn auch der Tisch unter dem Fenster besetzt, und wenn nicht dieser, zumindest der Tisch links von …«

»Jetzt reicht es aber!«, hatte ihr Mann mit einem Schlag auf die Tischplatte das Gespräch beendet. »Es sind doch immer die gleichen Tische, die dort besetzt

sind, und natürlich blicken die Leute zu einem hin. So
ist das in einer Kleinstadt, oder habe ich nicht recht?«,
hatte er sich mit jetzt wieder gedämpfter Stimme an
den jungen Doktoranden gewandt, und der hatte erneut
genickt.

Wieder hörte sie sich aufseufzen und richtete ihren
Blick hinauf zur Schlafzimmerdecke. Selbstverständlich
schauten die Gäste in Peters Bistro zu einem Fremden
hin, sobald er das Lokal betrat. Das musste ihr Mann
ihr nicht erst erklären. Sie wusste mindestens so gut wie
er, wie es dort zuging. Das war aber gar nicht ihre Frage
gewesen. Natürlich waren die Gespräche sogleich verstummt, als der fremde, junge Mann das Lokal betreten
hatte. So ein Ereignis ließ sich an diesem Ort niemand
entgehen und ganz bestimmt nicht ihre neugierige
Freundin Jutta. Es erforderte nicht einmal Fantasie, sich
vorzustellen, wie Jutta, kaum dass sich die Tür zu Peters
Bistro zu später Stunde noch einmal öffnete, herrisch
ihre Hand hob, um auch den Letzten an ihrem Tisch
schnell zum Schweigen zu bringen. Genauso wenig Fantasie erforderte es, sich vorzustellen, wie Jutta jetzt, mit
schief in Richtung des Tresens gerecktem Kopf, angespannt den Worten lauschte, die zwischen dem jungen
Mann und dem Wirt gewechselt wurden, und erst recht
keine Fantasie erforderte es, sich vorzustellen, wie ihr
scharfer Blick dem Fremden beim Verlassen des Lokals
folgte und wie sie noch eine Weile mit gerunzelter Stirn
diesen Blick auf der zugefallenen Tür beließ, bevor sie

sich mit einem plötzlichen Ruck, unter dem ihr ganzer Körper erbebte, wieder den anderen am Tisch zudrehte, die schon begierig auf ihre Worte warteten: Habt ihr das auch gesehen und gehört? Der junge Mann hat gerade nach dem Weg zu Greilachs gefragt. Meiner Meinung nach kann das nur der junge Doktorand gewesen sein, den sie seit Jahren erwarten, oder was glaubt ihr? Erst vor ein paar Tagen hat mir Natascha erzählt, dass er wieder seinen Besuch bei ihnen angekündigt hat. Mit übermütiger Geste hat sie mir zum Abschied noch nachgerufen, ich solle einfach mal vorbeikommen, sobald der junge Doktorand bei ihnen eingetroffen sei. Aber kommt euch das nicht auch merkwürdig vor? Das ist doch nicht der junge Doktorand, von dem sie immer erzählt. Ich zumindest habe mir ein ganz anderes Bild von ihm gemacht. Euch hat sie ihn doch auch immer wieder beschrieben. Ich irre mich bestimmt nicht … Ja richtig! Irgendetwas kann da nicht stimmen. Mehr will ich gar nicht sagen. Mir zumindest fällt es schwer, mir diese plumpe Gestalt, die eben hier war, auf einem Pferd vorzustellen und erst recht nicht bei einem königlichen Reitturnier in Andalusien.

Natascha Greilach hob die Hände unter der Bettdecke hervor und rieb sich über die Stirn. Hatte sie Jutta und den anderen, wenn in der Eisdiele das Gespräch auf den jungen Doktoranden gekommen war, wirklich ein so genaues Bild von ihm vermittelt? Es gab doch nur dieses eine angebliche Foto, und schon als sie Jutta und den anderen vor gut einem Jahr von diesem Foto zu erzählen begonnen hatte, das der junge Doktorand ihrem Mann und ihr, angeblich nach seinem Reitunfall, aus diesem andalusischen Krankenhaus von sich und der jungen, bildschönen spanischen Krankenschwester geschickt hatte, war ihr bewusst gewesen, dass sie gerade einen großen Fehler beging. Natürlich war auch Jutta über die nächsten Wochen nicht müde geworden, sie zu drängen, ihr das Foto zu zeigen.

»Sieh bitte noch mal nach, Natascha, du kannst es doch nicht vollständig verlegt haben.«

»Wie oft soll ich dir denn noch sagen, dass ich bereits überall geguckt habe. Es ist einfach wie vom Erdboden verschwunden.«

»Aber einmal, liebe Natascha, einmal kannst du doch noch danach schauen.«

Diese unentwegte Aufdringlichkeit Juttas war es gewesen, die sie einige Male tatsächlich dazu hingerissen hatte, ein paar Worte zu viel über den jungen Doktoranden zu verlieren. Aber hatte sie sich wirklich so in den Details verloren? Seine großen, dunklen Augen, sein scharf geschnittener, sinnlicher Mund, seine dichten, schwarzen Locken. Dieses Bild von ihm, das tief in ihrem Herzen ruhte, hätte sie nie nach außen tragen können. Wie hätte sie auch einen Menschen beschreiben sollen, der nur in ihrer Vorstellung existierte? Dazu fehlte es ihr doch schlicht an Ausdrucksmöglichkeiten. Sie war ja, zum Glück, keine Künstlerin. Allenfalls waren es unscharfe Eindrücke, die sie Jutta und den anderen bei diesen Gelegenheiten in der Eisdiele von dem jungen Doktoranden gegeben haben konnte. Vielleicht hatte sie hin und wieder auf Juttas unermüdliche Nachfrage hin die Sportlichkeit des jungen Doktoranden zu sehr hervorgehoben. Aber das war doch nicht mehr als ein Begriff. Für sie sah ein sportlicher Mensch halt so aus wie der junge Mann, der da gestern mit hängenden Schultern groß und schwer auf einem ihrer Stühle gesessen und gierig eine Zigarette nach der anderen geraucht hatte. Warum auch hätte der junge Doktorand bei diesem königlichen Reitturnier vom Pferd fallen sollen, wenn er tatsächlich so sportlich gewesen wäre? Das passte viel besser zu dieser Gestalt, die gestern zur späten Stunde in ihrem Wohnzimmer aufgetaucht war und deren schmale Äuglein immerzu scheu zwischen ihrem Mann und ihr hin- und hergehuscht waren. Selbstverständlich hätte sich auch in diesen Menschen, der jetzt oben in ihrem Gästezimmer lag, ein bildschönes, junges spanisches Mädchen verlieben können. Es gab schließlich nichts, was es nicht gab. Auch ihr war der junge Doktorand im Laufe des Abends, nachdem sie erst den Schreck über sein Eintreffen und danach ihre Enttäuschung über seine äußere Gestalt überwunden hatte, noch fast lieb geworden. Natürlich entsprach er nicht dem Bild, das sie sich im Laufe der Zeit von ihm gemacht hatte, aber deswegen war er doch kein schlechter Mensch. Es war ja nicht seine Schuld, dass sie ihn sich so anders ausgemalt hatte. Vielmehr war ihre derzeitige Situation daran schuld. Wie hätte sie auch sonst mit ihrem Mann hier in dieser dunklen Mühle die letzten zwei Jahre überstehen sollen? Das war doch kein Leben. Manchmal antwortete er nicht einmal mehr, wenn sie zu ihm sprach. Den ganzen Tag saß er in seinem Atelier herum und stieg am Abend wortlos die Treppe hinab, und wenn sie nicht zwischendurch das Bild, das sie sich von dem jungen Doktoranden gemacht hatte, in sich aufgerufen hätte, wäre sie in den letzten zwei Jahren sicher vollständig verkümmert. Wie eine Blume ohne Wasser, so wäre sie eingeknickt. Ohne dieses schöne Bild des jungen Mannes, das sie auf all ihren stillen Gängen durchs Haus begleitete, wäre sie gar nicht über alle diese einsamen Tage hinweggekommen. Zu ihm konnte sie immer sprechen, und wenn sie aus dem Küchenfenster beobachtete, wie ein kleiner Vogel aus dem Gebüsch aufflog, war sie es nicht allein, die sich darüber freute. Nur diesem Bild war es zu verdanken, dass sie sich wieder bei jeder sich bietenden Gelegenheit vor dem Spiegel hin und her drehte, und wenn sie abends auf der Couch lag und zu ihrem schweigsamen Mann hinsah, dann war ihr sogar manchmal, als senkte sich dieses Bild traumschwer zu ihr hinab und ließe sie durch eine unvermittelte und köstliche Berührung plötzlich wieder spüren, dass das Blut noch immer in ihren Adern zirkulierte. Sobald das Strahlen dieser dunklen Augen heiß in ihr aufleuchtete, fühlte sie sich wie von einem Taumel ergriffen und die

Sonne schien plötzlich heller und alles an ihr war kraftvoll und beweglich, und allein diesem Übermut, der sie dann immer überkam, war es geschuldet, dass sie bei ihrem letzten Treffen wie aus heiterem Himmel und gegen jede Vernunft im Falle des Eintreffens des jungen Doktoranden Jutta zu sich eingeladen hatte. Was war in diesem Moment bloß in sie gefahren! Natürlich würde Jutta die Gelegenheit, den jungen Mann endlich einmal aus der Nähe zu betrachten, sogleich ergreifen wollen. Sie war es doch, die von allen am meisten Anteil am Schicksal des jungen Doktoranden genommen hatte. Sobald sie in der Eisdiele saß, versuchte Jutta, die über so viele Jahre hinweg hochmütig über sie hinweggesehen hatte, den Platz neben ihr zu ergattern, und immer fragte sie sofort mit vor Neugierde blitzenden Augen, ob es etwas Neues von dem jungen Doktoranden gebe. Aber würde sie nach dem kapitalen Zerwürfnis ihrer beider Männer nur auf diese unbedachte Einladung hin es tatsächlich wagen, hier bei ihnen aufzukreuzen? Würde sie wirklich das Risiko eingehen, dass ihr Mann ihr hier die Tür vor der Nase zuschlug, dass er sie mit keuchendem Atem und erhobenen Fäusten davonjagte? Würde sie nicht viel eher versuchen, sich dem jungen Doktoranden auf eine wesentlich trickreichere Art zu nähern? Vielleicht lag Jutta in diesem Augenblick ebenso wach im Bett wie sie und schmiedete Pläne dafür? Vielleicht hatte Jutta längst beschlossen, dem jungen Mann direkt hinter ihrer Grundstücksgrenze im Wald aufzulauern, vielleicht hoffte sie, dass der junge Doktorand gemeinsam mit ihr heute, gleich nach dem Frühstück, auf ihren täglichen Spaziergang aufbrach und sie dann nur noch zum richtigen Zeitpunkt hinter einem breiten Baum hervortreten musste, um sich zwischen sie zu drängen: Entschuldigung, aber ich möchte mich nur kurz vorstellen. Ich bin die Frau eines ehemals guten Freundes ihrer Gastgeber. Natascha hat mir sehr viel von Ihnen berichtet, und es ist mir daher ein großes Anliegen, Ihnen aus tiefstem Herzen mein Beileid auszusprechen. Ich wollte das gestern eigentlich schon in Peters Bistro getan haben, aber da waren Sie leider so schnell wieder verschwunden. Es ist ja wirklich schrecklich, was Sie im letzten Jahr alles durchstehen mussten, und deshalb nur umso bewundernswerter, dass Sie trotz allem noch hierhergefunden haben, um Ihre Arbeit abzuschließen. Falls Sie irgendwelche Hilfe oder Unterstützung benötigen, können Sie sich gerne jederzeit an meinen Mann und mich wenden. Er ist übrigens auch Künstler und würde sich bestimmt freuen …

Natascha Greilach fuhr vom Kissen hoch und sah dabei aus dem Augenwinkel, wie diese Bewegung auch ihren Mann durchzuckte. Hatte Jutta vielleicht von vornherein viel heimtückischere Pläne verfolgt? Hatte sie die übliche Hochmütigkeit ihr gegenüber nur deshalb fahren lassen, weil es ihr die ganze Zeit nur darum gegangen war, den richtigen Moment abzupassen, in dem sie auf hinterhältige Weise sie und ihren Mann ausstechen wollte, um den jungen Doktoranden für sich und ihren Mann zu gewinnen? Hatte sie womöglich nur deshalb von Beginn an so viel über den jungen Doktoranden in Erfahrung bringen wollen, weil sie ihn insgeheim bereits in ihrem Haus, in ihrem Wohnzimmer und im Atelier ihres Mannes sah? Geradezu krankhaft war es, mit welcher Beharrlichkeit und Leidenschaft Jutta jede kleinste Information, die sie über den jungen Doktoranden preisgab, immer wieder wendete, um sie noch von der entlegensten Seite her betrachten zu können. Ohne Juttas Fragen, mit denen sie sie in der Eisdiele unaufhörlich löcherte, hätte sich der junge Doktorand vermutlich gar nicht auf diese beherrschende Weise in ihr erheben können. Nur diese permanenten Fragen, die sie immerzu zufriedenstellend beantworten musste, waren es doch, die diesen Menschen so lebendig hatten werden lassen. Einem Film gleich, so war sein Leben neben ihrem einhergelaufen. Wie hätte sie auch Jutta und den anderen gegenüber zugeben können, dass der junge Doktorand in Wahrheit mit seiner krakeligen Schrift, die er auf immer neue Postkarten hingeschludert hatte, nicht nur den ersten und zweiten, sondern auch alle weiteren angekündigten Besuche abgesagt hatte. Was war denn das für ein Doktorand! Damit hatte sie einfach nicht rechnen können. Das ließ sich doch keinem erklären. Es war ja auch nie mehr aus diesen Postkarten hervorgegangen, als dass er es, weil ihm etwas dazwischengekommen sei, sehr bedaure, seinen angekündigten Besuch erneut absagen zu müssen, und nun als neuen Termin stattdessen den soundsovielten in diesem oder jenem Monat vorschlage. Wer anderes als sie hätte diese spröden, nichtssagenden Postkarten denn sonst mit Leben füllen sollen? Ihr war gar keine Wahl geblieben. Wie gebannt hatte Jutta neben ihr gesessen. »... Was, er ist bei diesem Turnier dort unten in Andalusien vom Pferd gestürzt? ... Wirklich, er arbeitet trotz seiner unaufhörlichen Kopfschmerzen auch in diesem andalusischen Krankenhaus weiter an seiner Arbeit? ... Nein! So schnell hat er diese junge spanische Krankenschwester mit der hübschen Zahnlücke geheiratet? ... Wie gemein, sie hat wirklich eine Fehlgeburt erlitten? Natürlich kann er da nicht zu euch kommen ... O Gott, sag jetzt bitte nicht, sie hat sich umgebracht. Das ist ja schrecklich. Wie kann einem Menschen nur in so kurzer Zeit so viel Unglück widerfahren.«

Natascha Greilach ließ den Kopf zurück aufs Kissen sinken, und während sie mit geschlossenen Augen tief einatmete, fühlte sie, wie mit dem Bild des jungen Doktoranden, das jetzt schwebend und leicht vor ihr auferstand, auch die Hektik ihrer Gedanken schwand. Was wusste Jutta denn schon von diesem Menschen? Nichts von dem, was sie ihr preisgegeben hatte, berührte seinen wahren Kern. All diese furchtbaren Schicksalsschläge, angefangen mit dem königlichen Reitturnier in Andalusien, bei dem der junge Doktorand unter dem stürmischen Jubel des Publikums, das seinen Ritt bereits wie einen Triumph feierte, beim letzten Hindernis so tragisch von seinem schreckhaften Pferd gefallen war, waren für sie immer nur Äußerlichkeiten gewesen. Es waren doch immer nur diese Äußerlichkeiten, die sie wie nebenher aus irgendwelchen Zeitschriften und Fernsehfilmen aufsammelte, an denen sie Jutta hatte teilhaben lassen. In Wirklichkeit hatte nichts von dem für sie auch nur die geringste Bedeutung. Im Gegenteil hatte sie sogar jedes dieser Unglücke nur noch enger aneinandergeschweißt. Dieser Mensch gehörte allein ihr, und nur an ihrem Herzen fanden sie beide ihren Trost. Weder hatte sie Jutta jemals seine Nähe noch seine Herzlichkeit spüren lassen. All diese schönen Gefühle, die im Laufe der Zeit durch ihn in ihr geweckt worden waren, hatte sie stets für sich behalten. Dieser Mensch war ihr alleiniges Glück. Nur durch seine immerwährende, achtsame Aufmerksamkeit, war sie sich selbst wieder zu einer treuen Freundin geworden, und nur dank seiner würde sie jetzt auch dem jungen Doktoranden, der dort oben, wenige Meter von ihr entfernt, gerade friedlich in seinem Bett schlummerte, das sie gestern Nacht, bevor sie sich frühzeitig in ihr Schlafzimmer zurückgezogen hatte, eigens noch mal für ihn aufgeschüttelt hatte, zur treuen Freundin werden. Dieser junge Mann bedurfte doch der gleichen Zuneigung, der auch sie bedurfte. Allein, mit welch freudiger Erwartung er sich auch über den zweiten Teller des versalzenen Gulaschs gebeugt hatte, den sie ihm serviert hatte. Und selbst wenn ihr das gestern in ihrer Aufgewühltheit weitestgehend entgangen war, so erkannte sie doch jetzt die Dankbarkeit in seinen Augen, die, während er auch diesen Teller mit großen Happen leerte, immer wieder heimlich zu ihr hin leuchteten. Natürlich hatte ihr Mann die volle Aufmerksamkeit von ihm eingefordert, aber es war ihr Blick, den der junge Doktorand immer wieder suchte, und seine Stimme hatte sie, trotz ihrer Verwirrtheit, auf der Stelle für ihn eingenommen. Wie eine Hand, an die sich weich die Wange schmiegt, wenn einem der Kopf schwer zur Seite sinkt, so sanft war ihr diese Stimme, kaum dass der junge Mann zu dieser späten Stunde in ihr Wohnzimmer getreten war, sogleich erschienen.

Sie schlug die Augen wieder auf und starrte an die Decke. Worüber hatte der junge Doktorand eigentlich gesprochen? Natürlich war er froh, endlich hier bei ihnen zu sein, aber lag das wirklich nur am Regen, durch den er hatte fahren müssen? Dass er schon auf der Autobahn die falsche Abfahrt genommen habe, hatte er erzählt, oder hatte sie auch das nicht richtig verstanden? Dabei war sie eine gute Zuhörerin. Eigentlich konnte sie viel besser zuhören als ihr Mann. Nur hatte sie sich gestern in der Anspannung, in die sie die Ankunft des jungen Doktoranden versetzte, einfach nicht konzentrieren können. Es war ja auch eine schier endlose Fahrt, die der junge Mann da hinter sich gebracht hatte.

»Aha«, hatte sie irgendwann gesagt und ihm zum ersten Mal vorsichtig zugelächelt, »ein Leihwagen.«

»Nein«, erklang sogleich schroff die Stimme ihres Mannes, »das hast du falsch verstanden. Von privat. Er hat gerade gesagt, dass er sich das Auto von einem Bekannten geliehen hat.«

»Aber das ist doch ein Leihwagen«, hatte sie wider besseres Wissen mit erstarrtem Gesicht behauptet, nur, um sich dann von ihrem Mann belehren lassen zu müssen, dass ein Leihwagen ausschließlich ein Auto sei, das man sich bei einer Leihwagenfirma lieh.

Mit den Handballen stemmte sie sich ein Stückchen die Matratze hinauf und warf einen kurzen Blick zu ihm hin. Was war das nur wieder für ein Ton gewesen, den er glaubte, sich ihr gegenüber herausnehmen zu dürfen. Dieser schroffe und belehrende Ton hatte nur bewirkt, dass sie jede Lust daran verlor, ihm und dem jungen Doktoranden noch weiter im Wohnzimmer beizuwohnen. Seit Jahren war es vor allem dieser Ton, den sie nicht mehr ertrug, und die Zeiten, dass es ihrem Mann gelungen war, sie auf diese rüde Art einzuschüchtern, waren längst vorbei. Im Gegenteil rief dieser Ton bei ihr nur mehr heftigen Widerstand hervor. Es war ja überhaupt erst dieser schroffe und belehrende Ton gewesen, in dem ihr Mann ihr vor gut zwei Jahren zu verstehen gegeben hatte, bloß nichts über diesen schönen Brief, mit dem der junge Doktorand seinen ersten Besuch bei ihnen ankündigte, verlautbaren zu lassen, der sie regelrecht dazu angestachelt hatte, Jutta und den anderen im Städtchen brühheiß von dieser Ankunft, die sie erwarteten, zu berichten. Was glaubte ihr Mann denn auch, worüber sie sonst sprach? Glaubte er vielleicht, dass sie Jutta und den anderen dort auf dem Marktplatz von ihren gemeinsamen, stillen Frühstücken erzählte, stellte er sich vor, wie sie sich dort in einer Beschreibung der Blüten ihres Birnbaums versuchte oder sich dahin gehend ereiferte, dass die Schwarzhörnchen wie jedes Jahr auch in diesem immer weiter überhandnahmen? Es geschah hier doch nichts. Wenn nicht von dem angekündigten Besuch eines jungen Doktoranden, wovon hätte sie sonst berichten sollen? Es war schließlich nicht ihre Schuld, dass ihr Mann sich mit allen aus dem Städtchen derart überworfen hatte, dass er nun schon seit fünf Jahren keinen Schritt mehr dorthin setzte. Natürlich war der Anlass, der dazu geführt hatte, für ihn kränkend gewesen, aber diese unbedingte Sturheit, die er bis heute in der Sache mit dem Brunnen an den Tag legte, war doch im Grunde völlig verbockt. Gerade weil er von Haus aus kein Bildhauer war, sondern sich immer ganz der Malerei verschrieben hatte, konnte das keiner verstehen, und allein dadurch, dass er diese offensichtliche Tatsache, die ihm mehr als eine Brücke gewesen wäre, halsstarrig in den Wind schlug, hatte er sich nur noch mehr zum Gespött gemacht. Sogar sie hatte sich ja kaum noch im Städtchen zu zeigen gewagt. Über diese Verbohrtheit hatten alle nur noch gelangweilt die Köpfe geschüttelt, und wenn sein Name am Rande eines Gesprächs doch einmal Erwähnung fand, fühlte sie auf ihrem Gesicht sogleich die betretenen und mitleidigen Blicke, die man ihr in diesen Momenten verstohlen zuwarf. Auch deshalb war es mehr als heldenhaft, wie sie das überhaupt ausgehalten hatte, aber natürlich war auch ihre Kraft nicht grenzenlos, und wenn sie nicht vor gut zwei Jahren hätte erzählen können, dass sie demnächst Besuch von einem jungen Doktoranden erwarteten, wäre es auch mit ihrer Kraft bald zu Ende gewesen. Erst diese Erzählung war es, die ihrem Mann und ihr etwas von der früheren Achtung zurückgegeben hatte. »Das ist ja toll! Ein junger Doktorand, bei euch, gratuliere!« Erst mit dieser Erzählung, die sie damals voller Bescheidenheit im Städtchen vortrug, war es ihr gelungen, die Würde ihres Mannes wieder wie von selbst herzustellen. Dankbar hätte er ihr eigentlich dafür sein müssen, aber Dankbarkeit lag nicht in seiner Natur, und deshalb gab es auch nicht den geringsten Grund, warum er jemals erfahren sollte, was sie im Städtchen erzählt hatte. Das würde ihn auch nur aufregen und die ganze Situation unnötig verkomplizieren. Allein der Umstand, dass sie wusste, er würde niemals begreifen, warum sie dort etwas erzählt hatte, geschweige denn, was sie dort erzählt hatte, machte es notwendig, dass er es nie erfuhr. Es war schließlich auch nicht das erste Mal, dass sie etwas vor ihm verbarg. Das machte ihr keine Angst. Selbst wenn sie nichts vor ihm verbarg, fiel es ihrem Mann nicht auf. Kein einziges Mal hatte er sie im Verlauf des letzten Jahres gefragt, woher sie plötzlich diese immerwährende

Heiterkeit und Fröhlichkeit nahm. Wahrscheinlich war dieser Umschwung ihres Wesens sogar spurlos an ihm vorbeigegangen. Weder war ihm aufgefallen, dass sie wieder bei jeder sich bietenden Gelegenheit lächelte, noch, dass sie ihre täglichen Spaziergänge, die sie über so viele Jahre vernachlässigt hatte, wieder aufgenommen hatte. Auch dass sie erheblich abgenommen hatte und in der Küche wie früher bei bestimmten Liedern das Radio aufdrehte und laut mitsang, war ihm nicht aufgefallen. Nicht einmal, dass sie sich jetzt wieder regelmäßig schon am Morgen schminkte, bemerkte er, obwohl ihm das früher so wichtig gewesen war, und insgeheim war sie sogar froh darüber. Es würde sie vermutlich nur verwirren, wenn ihr Mann ihr das Gefühl gäbe, er wisse, dass sie das alles nur für ihn tat, wo doch in Wahrheit das Gegenteil der Fall war. Wie ein Vogel, dessen Lebensfreude auf einen schönen Ruf hin plötzlich wieder erwacht, so war sie einfach losgeflogen und hatte sich von der Monotonie und der steten Langeweile in diesem Haus befreit. Dieses Haus war doch für sie mittlerweile ein ganz anderes Haus als für ihren Mann. Immer weiter hatten sie sich in diesem Haus voneinander entfernt, und an manchen Tagen vergaß sie ihn sogar so vollständig, dass sie regelrecht zusammenschrak, wenn sie durch einen zufälligen Augenaufschlag zu ihm hin bemerkte, dass er noch immer vor ihr in seinem Sessel saß. Dieses steinerne und graue Abbild eines Menschen hatte all die Lebendigkeit verloren, die sie sich im Laufe der vergangenen Jahre und vor allem im Laufe des letzten Jahres zurückerobert hatte. Tief in sich hatte sie das junge Mädchen wieder aufgespürt, das sie einst gewesen war, und jetzt winkte dieses junge Mädchen immerzu strahlend zu ihr hin. Es war auch kein Zufall, dass sie, sobald sie von Jutta oder einem der anderen in der Stadt erblickt wurde, sogleich zu hören bekam, wie toll sie wieder aussähe. »Wie machst du das nur, Natascha?« Was sollte sie darauf bloß immer sagen? Das ging doch auch niemanden etwas an. Dieses Glück, das über sie gekommen war und das sie jetzt so verlässlich durch die Tage begleitete, war allein ihr Glück. Es war auch die Belohnung dafür, dass sie ihr ganzes bisheriges Leben über immer sorgsam mit sich umgegangen war. Täglich konnte sie an ihrem Mann beobachten, wohin es führte, wenn man nie an die frische Luft kam und abends immer mindestens eine Flasche öffnete. Sie trank ja auch. Aber nach dem zweiten Kirschlikör war Schluss. Diese Art von Disziplin war es, die sie von allen anderen hier unterschied. Allein die Vorstellung, wie alles in ihrem Magen schwimmen würde, wenn sie, so wie Jutta es früher getan hatte und wahrscheinlich noch immer tat, abends in Peters Bistro drei oder vier große Biere »zischte«, wie sie immer sagte, war abschreckend genug. Da durfte man dann nicht erstaunt darüber sein, dass einem plötzlich nichts mehr passte. Sobald das Gespräch abebbte, spürte sie jetzt sogleich, wie Jutta sie versonnen zu mustern begann. Dabei hatte auch Jutta früher ganz apart ausgesehen. Vor allem ihres mächtigen Busens, der alle Blicke wie von selbst angezogen hatte, war sie sich sehr bewusst gewesen. Deswegen saß sie auch heute noch immer so aufrecht und hohlkreuzig da und ließ einen das Weiche ihrer Seite spüren, wenn sie sich hinüberlehnte. Nicht nur einmal war es vorgekommen, dass Jutta hier in diesem Haus, obwohl der eigene Gatte mit am Tisch saß, ihrem Mann eindeutige und unverblümte Avancen gemacht hatte. Aber so ein Busen war eben auch nicht alles. Außerdem war ihr Mann damals ein ganz anderes Kaliber gewesen. So einen hatte Jutta doch nie aus der Nähe gekannt. Da konnte sie die Zügel lockern, wie sie wollte. Selbst heute, obwohl er sich hier wie ein Maulwurf eingrub, war ihr Mann Juttas Mann noch immer in allen Belangen überlegen. Da nützten auch die Erfolge nichts, die Juttas Mann auf Kosten ihres Mannes in den letzten Jahren im Städtchen hatte feiern können. Über die Tatsache, dass sie es waren, die jetzt Besuch von einem jungen Doktoranden erhielten, konnten auch diese Erfolge nicht hinwegtäuschen. All diese Erfolge von Juttas Mann stellte dieser Besuch meilenweit in den Schatten. Vor allem war er ein willkommener Anlass, den Neid, den Jutta und die anderen ihr und ihrem Mann seit Jahrzehnten entgegenbrachten, neu zu entfachen. So wie Jutta und die anderen, sobald sie ihnen den Rücken zukehrte, über sie und ihren Mann herfielen, so würden sie jetzt auch über den jungen Doktoranden herfallen. Dass der junge Gast dem Bild, das sie sich anhand ihrer Erzählung von ihm gemacht hatten, nur in etwa entsprach, bot ihnen dafür nur die gewünschte Genugtuung. Das heizte ihr Gespött nur noch mehr an. Schon jetzt konnte sie, wenn sie den Atem anhielt, von überallher diese bösen Stimmen hören: Ha, ha, habt ihr diesen jungen Doktoranden gesehen? Was für ein Witz! – Und stell dir vor. Auf den haben die zwei Jahre lang gewartet. – Hat sie uns nicht ausführlich von der hübschen Krankenschwester mit der Zahnlücke erzählt? Ich möchte gar nicht wissen, was für ein fettes Trumm das in Wahrheit war. – Meiner Meinung nach ist dieser Kerl einfach ein Lügner und Betrüger. Aber ist es nicht auch ein bisschen traurig, dass man den Greilachs mittlerweile alles erzählen kann? Dieser unansehnliche, junge Mann will sich vermutlich nur an ihr Erbe heranschleichen. – Vielleicht hast du recht. Vielleicht ist dieser junge Mann aber auch nur ein Mensch, der ein neues Zuhause sucht. Das wissen wir nicht. Natascha hält ihn ja geschickt vor unseren Blicken verborgen.

Sie fühlte, wie sich ein Lächeln in ihren Mundwinkeln verfing. Ja, dachte sie, keiner dieser Blicke würde den jungen Doktoranden in absehbarer Zeit jemals erhaschen. Als wenn sich die Tür zu Peters Bistro niemals zu dieser Stunde geöffnet hätte, würde sie ihr Leben hier fortsetzen. Da konnten die im Städtchen, allen voran Jutta, sie mit Fragen löchern und ihr unterstellen, was sie wollten. So frei und offen und fern jeder Geheimniskrämerei würde sie durch die Straßen schlendern, dass all diese Unterstellungen, all diese Mutmaßungen bezüglich des jungen Mannes sich bald schon in Luft aufgelöst hätten. Sollte Jutta sie doch ruhig abpassen, um sie sogar auf ihren Einkäufen zu begleiten. Das, was sie hier zu zweit aßen, konnten sie sich in Zukunft auch unbemerkt zu dritt teilen. Bist du dir wirklich sicher, Natascha, dass das, was du da im Körbchen hast, für euch zu Hause reicht? – Warum soll es denn nicht reichen, Jutta? Du willst doch nicht schon wieder mit dem jungen Mann anfangen? Merkst du denn gar nicht, wie du dich hier im ganzen Städtchen zum Gespött machst? Niemand will mehr in der Eisdiele neben dir sitzen, weil du wie besessen nur noch ein Thema kennst. Selbst der Kellner kommt nicht mehr zu deinem Tisch, weil er mittlerweile Angst vor dir hat, und allen jungen Männern guckst du nach, als wolltest du dich gleich auf sie stürzen. – Du hast ja leider recht. Ich merke selbst, dass da etwas ungut in mir nagt, und nur deshalb, liebe Natascha, möchte ich auch heute noch einmal fragen, ob du tatsächlich nichts vor mir verbirgst? – Ach, Jutta, woher, glaubst du, könnte ich nur diese Ruhe nehmen, wenn ich tatsächlich etwas verbergen würde? Und nur, um diese Worte noch zu unterstreichen, würde sie während ihrer Rede ungerührt den Kopf schütteln. Sie hatte doch genauso wenig Mitleid mit Jutta, wie Jutta jemals Mitleid mit ihr gehabt hätte. Wahrscheinlich hielt es Jutta schon jetzt kaum mehr im Bett, weil sie sich immer wieder vorstellte, wie sie später mit ihrem Auto am Brunnen an der Eisdiele vorfahren würde, in der seligen Hoffnung, sie und den jungen Doktoranden an einem der Tische anzutreffen. Hallo, Natascha!, würde sie bereits rufen, während sie noch mit rudernden Bewegungen die Seitenscheibe herunterkurbelte, ist das tatsächlich euer Doktorand? Gratuliere! Was für ein Fang! Und im Gefühl unermesslichen Triumphs würde sie mit einer für ihr Alter völlig unangemessenen Beschleunigung auch schon wieder davonbrausen. Dieser junge Doktorand, den sie dort Woche für Woche in der Eisdiele heraufbeschworen hatte, hatte doch nicht nur ihre Begeisterung, sondern ebenso ihre Eifersucht entfacht. Wie ein Diamant, der ihr immer nur hinter einer dicken Panzerglasscheibe präsentiert wurde, hatte dieser junge Doktorand von Juttas Denken Besitz ergriffen. Dabei war es eigentlich großzügig von ihr gewesen, dass sie Jutta an allem, was mit dem jungen Doktoranden in Zusammenhang stand, hatte teilhaben lassen. Erst durch ihre Erzählungen von ihm hatten auch Juttas Tage wieder Farbe bekommen, und allein ihrer Großzügigkeit verdankte es Jutta, dass diese Tage, an denen sie in der Eisdiele ihren Worten hatte lauschen dürfen, nun wie Leuchttürme in ihrem Leben standen. Aber mit dieser Großzügigkeit war nun Schluss. Von jetzt ab würde sie auch mal an sich denken. Dieses Glück, das sie im letzten Jahr so verlässlich begleitet hatte, würde sie sich von niemandem mehr nehmen lassen. Dieses Glück hielt sie von nun an fest verschlossen. Ihre Schuld war es nicht, dass dieser junge Doktorand, der jetzt dort oben in ihrem Gästezimmer lag, nur ein trauriger, verwischter Schatten des Bildes war, das sie sich von ihm gemacht hatte. Dieser junge Doktorand entsprach vielmehr einem Menschen, dessen man sich mit viel Geduld und großer Herzenswärme erst mühsam anzunehmen hatte. Schon gestern am späten Abend, als er, groß und bleich hinter ihrem Mann hervorragend, in ihr Wohnzimmer getreten war, hatte sie sogleich das Gefühl ereilt, dass hier gerade ein Mensch vor ihr erschien, der tatsächlich schwer vom Schicksal getroffen worden war. Warum auch sonst hätte der junge Doktorand jedes Mal seinen Besuch in letzter Sekunde absagen sollen, wenn ihm nicht immer wieder Ungeheuerliches dazwischengekommen wäre? Schon gestern hatte sie das sofort gespürt. Nur ihrer Aufregung war es geschuldet, dass sich dieses Gefühl nicht hatte verankern können. Aber jetzt war es wieder da. Jetzt musste sie ihm vertrauen. Nur dieses Gefühl erklärte auch die Mattheit, die diesem Körper innewohnte. Mit letzter Kraft hatte sich der junge Doktorand in dieses Haus geschleppt, um sich hier in ihre schützende Obhut zu begeben, und allein an der Art, wie er gestern immer wieder zu ihr hinsah, hatte sie bereits erkannt, dass es vor allem ihre Worte waren, von denen er sich Trost erhoffte.

Natascha Greilach drehte ihren Kopf zum Fenster hin, wo im schattigen Laub ein paar Sprengsel der Morgensonne einige Blätter hell aufleuchten ließen. Hatte sie nicht bereits gestern gedacht, dass dieser junge Doktorand eigentlich gar nicht so schlimm aussah? Wenn er stetig abnehmen würde, wenn sie ihn überzeugen könnte, täglich Sport zu treiben, wenn sie sich regelmäßig mit ihm an der frischen Luft aufhielt, dann ließe sich dieser junge Mann bestimmt schon bald herzeigen. Vermutlich hatte er ja auch vor einem Jahr noch ganz anders ausgesehen. Vermutlich war dieses teigige Gesicht, aus dem er gestern vor sich hin blickte, vor einem Jahr noch frisch und rosig gewesen. Vermutlich hatte selbst dieser Körper, der gestern so müde auf dem Stuhl hing, vor einem Jahr noch eine nahezu athletische Straffheit besessen, und vielleicht war sogar sein Haar zu dieser Zeit nicht so kurz und stoppelig, sondern schön und lockig gewesen. All das und noch viel mehr galt es jetzt behutsam zu erkunden, und genau dafür war es gut, dass sie hier so abgelegen lebten. Jetzt, in diesem einsamen Haus hier, hatten sie doch ganz viel Zeit füreinander. Hier konnte sie niemand stören. Solange der junge Doktorand ab und zu ein wenig an seiner Arbeit schrieb, würde es ihren Mann ohnehin nicht interessieren, was sie nebenher taten. Trotzdem war es natürlich am klügsten, ihn in die Annahme zu versetzen, dass dieser junge Doktorand ihr im Grunde völlig gleichgültig war. Warum auch hätte sie jemals etwas über diesen anstehenden Besuch im Städtchen verlautbaren lassen sollen, wo es doch sichtbar war, dass dieser Besuch, selbst jetzt, da er mit ihnen unter einem Dach lebte, sie persönlich überhaupt nichts anging. Dass der junge Doktorand und

sie in Wahrheit bereits ein viel innigeres Verhältnis ge-
knüpft hatten, als es ihrem Mann jemals möglich wäre,
würde ihm niemals auffallen. Obwohl er gestern noch so
viele Stunden länger mit ihrem Gast im Wohnzimmer
verbracht hatte, war ihm bestimmt auch nicht aufgefallen, was der junge Mann für eine angenehme Stimme
hatte. Auch wie diese Stimme sich sogleich an sie ange-
schmiegt hatte, hatte er nicht bemerkt. Sie war ja auch
erst dann ins Bett gegangen, als der junge Doktorand
dazu überging, die Aussagen ihres Mannes nur mehr
mechanisch mit einem erschöpften Kopfnicken zu be-
stätigen. Es war ja auch gar nicht ihr Mann, den er zuvor mit seinen Worten hatte erreichen wollen, sondern
es war allein sie gewesen. In ihr hatte er die Zuhörerin
erkannt, der er so dringend bedurfte. Das erklärte auch,
warum sie gestern, als sie sich weit vor ihrem Mann
und dem jungen Doktoranden vom Tisch erhob, dies
so ungern getan hatte. Noch auf der Treppe zum Gästezimmer hatte sie seinen traurigen Blick in ihrem Rücken
gespürt, und als sie dann, nachdem sie das Gästebett
aufgeschüttelt hatte, wieder herunterkam und sich ein
letztes Mal verabschiedete, da hatte sie sogleich erkannt,
wie von ihr verlassen er sich fühlte. So fern war jede
Hoffnung in diesem Moment von ihm gewichen, dass er
nicht einmal mehr die Kraft aufbrachte, zu ihr aufzusehen, und obwohl sie das kurz gekränkt hatte, war ihr
gestern bereits auf den letzten Metern zu ihrem Schlafzimmer, als hätte sie plötzlich begriffen, dass sie ihn nie

wieder auf diese Art und Weise alleinlassen durfte. Schon gestern, während sie sich hier in diesem Zimmer für die Nacht umkleidete, war ihr bewusst geworden, dass dieser junge Doktorand, wenn er am nächsten Morgen erwachte, sie von dieser Stunde an immer in ihrer Nähe wissen würde, dass all diese Tage und Wochen, die er von nun an hier verbringen würde, ihre gemeinsamen Tage und Wochen werden würden. Ohne dass es der junge Doktorand überhaupt merkte, wäre sie in diesem Haus ständig um ihn, und jede schmerzhafte Regung, die sich ihm nur näherte, würde sie verlässlich für ihn abfangen. Gerade weil sie nicht das Bedürfnis hatte, sich in den Vordergrund zu spielen, gerade weil sie sich zu jeder Zeit zurücknehmen konnte, hatte sie dieses Verständnis für andere Menschen entwickeln können. Sie war doch vor allem eine großartige Zuhörerin, und deshalb hatte auch niemand das Recht, sie in dieser Eigenschaft zu belehren. Wie eine außerordentliche und seltene Gabe war ihr diese Eigenschaft mit auf den Weg gegeben worden. Anders als ihr Mann, aber auch anders als Jutta, die es nicht ertrug, wenn ein anderer das Wort führte, drängte sie sich niemandem auf. Anders als Jutta beugte sie sich nicht vor und blickte fordernd umher, wenn sie endlich das Wort ergriff, und anders als Jutta erhöhte sie auch nicht die Lautstärke ihrer Stimme, wenn sie sah, dass einer während ihrer Rede seinen Fingernagel betrachtete oder an einem Knopf herumspielte. Es war ja auch gestern für sie interessant zu beobachten, wie erleichtert der

junge Doktorand jedes Mal wirkte, wenn er zu ihr hinsah. Allein durch diese Blicke zeigte er ihr deutlich, wie
dankbar er war, bei einer Frau wie ihr und nicht bei
einer Frau wie Jutta untergekommen zu sein. Im Gegensatz zu Jutta konnte sie den jungen Doktoranden so an-
nehmen, wie er war, und musste sich keine falschen Vorstellungen von ihm machen. Nur wegen dieser falschen
Vorstellungen, die sich Jutta von allen Menschen machte,
war es ihr am Ende erst möglich geworden, diese be-
ständige Überheblichkeit ihr gegenüber all die Jahre
und Jahrzehnte aufrechtzuerhalten. In Wahrheit jedoch
kannte Jutta sie ebenso wenig, wie sie jemals den jungen
Doktoranden kennen würde. Nichts, was Jutta jemals
über sie gedacht hatte, und nichts, was Jutta jemals über
den jungen Doktoranden denken würde, hatte auch nur
das Geringste mit ihr oder ihm zu tun. Wie Knetmasse
formte sich Jutta in ihrem Kopf jeden Menschen nach
ausschließlich ihren eigenen Wünschen zurecht. Deshalb war es Jutta auch nicht möglich, jemals mehr als
die Äußerlichkeiten eines Menschen zu erblicken, und
niemals würde sie deshalb auch verstehen können, dass
diese Äußerlichkeiten, die Jutta ihr in der Eisdiele erst
aufgedrängt und dann abgerungen hatte, für sie fortan
überhaupt keine Bedeutung mehr haben würden. Ihr
war doch das Aussehen dieses jungen Doktoranden von
Anfang an gleichgültig gewesen. Diese schwarzen Augen und diese Pracht dunkler Locken zum Beispiel hatte
der junge Doktorand ausschließlich für Jutta besessen.

Das waren Äußerlichkeiten, die nur für Jutta von Wert waren. Nur für Jutta war er bei diesem andalusischen Reitturnier vom Pferd gestürzt, und nur für Jutta hatte er anschließend in diesem Krankenhaus diese bildschöne Krankenschwester kennengelernt. All diese Geschehnisse hatte nur Jutta bestimmt. Nur Jutta war es …

»Du sprichst.«

Natascha Greilach riss den Kopf herum und sah mit weit geöffneten Augen zu ihrem Mann hinab, der aus seinem Kissen zu ihr hinaufschaute. »Wie bitte?«, fragte sie.

»Du sprichst«, wiederholte er.

Sie schüttelte den Kopf. »Wie kommst du denn darauf?«

»Wie kommt man wohl darauf«, antwortete er, während sich seine Augen wieder schlossen, »dass ein anderer spricht.«

»Das frage ich doch dich. Du kannst mir nicht einfach vorwerfen, dass ich spreche.«

Er öffnete wieder die Augen. »Du hast wahrscheinlich im Schlaf gesprochen.«

»Ich habe doch gar nicht geschlafen!«

»Dann hast du eben laut gedacht.«

Sie schlug mit der Faust auf die Matratze. »Ich denke nicht laut!«, rief sie.

»Jetzt ist aber mal gut«, zischte ihr Mann und richtete sich auf, »was soll denn der junge Doktorand denken, wenn er dich hier hört.«

»Der junge Doktorand«, sagte sie und lachte auf, »jetzt geht es wohl wieder um den jungen Doktoranden.«

Ihr Mann wandte seinen Blick von ihr ab. »Ich weiß gar nicht, was du willst«, sagte er.

Sie sah zum Fenster hin. »Natürlich weißt du nicht, was ich will«, sagte sie, »das hat dich ja noch nie gekümmert. Nacht für Nacht legst du dich hier seit Jahren wie ein Brett auf diese ausgelegene Matratze und schnarchst vor dich hin, aber ob ich hier schlafen kann, ist dir ganz egal. Dir geht es doch nur darum, dass du gut schlafen kannst, und dann kommt ewig nichts, höchstens vielleicht noch, ob der junge Doktorand dort oben in seinem Zimmer ebenfalls gut schlafen kann.«

Sie atmete tief durch.

»Leg dich doch woanders hin, wenn du hier so schlecht schläfst«, sagte er.

Sie hob die Arme in die Luft. »Wo soll ich mich denn hinlegen?«, sagte sie. »Ich kann mich doch sonst nur ins Gästezimmer legen, und dort liegt bereits der junge Doktorand.«

»Aber der ist doch erst seit gestern da.«

Sie drehte das Gesicht zu ihrem Mann hin. »Für dich ist ja alles immer so einfach«, sagte sie, »worüber soll ich eigentlich gesprochen haben?«

Er ließ sich in die Kissen zurücksinken. »Müssen wir uns so früh am Morgen schon unterhalten?«

»Damit hast du doch angefangen«, sagte sie. »Erst

lauschst du mir nach, und dann willst du es nicht zugeben.«

»Ich habe dir nicht nachgelauscht.«

Wieder lachte sie kurz auf. »Ich kenne dich doch«, sagte sie, »wenn ich wach bin, glaubst du, mir nicht zuhören zu müssen, aber wenn du denkst, dass ich schlafe, findest du alles, was ich sage, interessant. Nur habe ich eben gar nicht geschlafen, und deshalb kannst du auch gar nichts gehört haben.« Sie blickte auf ihren Mann hinab, der schwieg. »Worüber hast du eigentlich gestern noch so lange mit dem jungen Doktoranden gesprochen? Wahrscheinlich«, fuhr sie nach einer Weile fort, »hast du ihm lang und breit die Geschichte mit dem Brunnen erzählt.«

Ihr Mann zuckte kurz zusammen. »Warum sollte ich?«

»Und auch nicht die mit dem jungen Museumsdirektor?«, fragte sie und sah zu ihm hin.

»Natürlich nicht! Wir haben über wichtige Dinge gesprochen.«

»Wichtige Dinge«, wiederholte sie spöttisch und drehte das Gesicht kurz von ihm weg. »Aha. Dann weißt du jetzt ja auch bestimmt, wie lange der junge Doktorand eigentlich bleiben möchte.«

Ihr Mann schloss wieder die Augen.

»Du wirst ihn doch wohl gefragt haben, wie lange er hier bei uns bleiben will.«

»Warum sollte ich ihn gleich am ersten Abend fragen,

wie lange er bleiben will?«, antwortete er jetzt und öffnete wieder die Augen. »Das kann er doch wahrscheinlich selbst noch gar nicht einschätzen. Er bleibt halt so
lange, wie es seine Arbeit erfordert.«

»Das habe ich mir gedacht, dass du dir das genau so
vorstellst.«

»Wenn es dich so brennend interessiert, wie lange der
junge Doktorand bleibt, dann hättest du ihn das auch
selbst fragen können.«

Erneut lachte sie kurz auf. »Das ist mal wieder ty-
pisch. Die unangenehmen Sachen bleiben wohl immer
an mir hängen. Ihr sitzt da beide den ganzen Abend
über schön beieinander und seid im Handumdrehen die
besten Freunde, und ich soll dann den jungen Doktoranden einfach mal so fragen, wie lange er eigentlich zu
bleiben gedenkt.«

»Ich dachte«, sprach er jetzt mit langsamen Worten
zur Decke hin, »du würdest dich darüber freuen, dass
wir nach längerer Zeit mal wieder einen Gast haben.«

»Wenn ich so wie du nur für die angenehmen Dinge
zuständig wäre, die so ein Gast mit sich bringt, könnte
ich mich auch freuen, aber ich muss mich ja um den
ganzen Rest kümmern.«

»Ich glaube nicht, dass der junge Doktorand dir viel
Arbeit machen wird.«

»Das denkt ja genau der Richtige beurteilen zu können«, sprach sie zu ihm herab, »aber das werden wir
ja noch herauskriegen. Für mich sieht der junge Dokto-

rand nämlich nicht wie jemand aus, der in der Lage ist, sich gut um sich selbst zu kümmern. Deshalb hat er auch keine Freundin, oder hat er dir etwa erzählt, dass er eine Freundin hat?«

»Was ist denn das für eine Frage?«

»Das ist eine einfache Frage. Wenn man so lange beisammen sitzt wie ihr, ist es doch ganz selbstverständlich, dass man auch diese Frage stellt.«

»Was denkst du denn, worüber wir sprechen?«

Sie sah wieder zum Fenster hin. »Ich weiß, worüber ihr sprecht«, sagte sie und senkte ihren Blick in sein Gesicht. »Das musst du mir nicht erzählen. Ich war selbst lange genug dabei und habe mit euch am Tisch gesessen. Das ist alles nicht neu für mich. Ich kenne diese Situationen. Dir ist ja nicht einmal aufgefallen, was unser junger Gast für eine angenehme Stimme hat, weil du, anstatt ihm zuzuhören, wieder den ganzen Abend nur deinen eigenen Worten gelauscht hast, und deshalb bist du jetzt auch nicht imstande, mir zu erzählen, worüber ihr noch gesprochen habt.«

»Wenn du alles so genau über unseren Abend wissen willst«, sagte ihr Mann, während er sich zur Seite drehte, »dann darfst du nicht so früh ins Bett gehen.«

Sie beugte sich ihm hinterher. »Das werde ich auch nicht noch mal«, sagte sie, hob eine Hand und wedelte mit ihrem ausgestreckten Finger über seinem Kopf. »Von nun an werde ich euch beide immer im Auge behalten.«

»Dann ist ja gut«, murmelte er, ließ seinen Blick über die Wand schweifen und schloss, als er fühlte, dass auch seine Frau langsam tiefer in die Kissen zurücksank, erleichtert die Augen. Wie schon beim Einschlafen sah er auch jetzt wieder die Fingerspitzen des jungen Doktoranden mit ihren abgekauten Nägeln vor sich, die gestern im Wohnzimmer, trotz der späten Stunde, noch mit erstaunlicher Flinkheit über das Mobiltelefon gehuscht waren, das der junge Doktorand den ganzen Abend über immer mal wieder in die Hand genommen hatte, um es gleich darauf wieder neben sich auf den Tisch zu legen. Natürlich war er nicht überrascht, dass eine Reihe seiner früheren Arbeiten im Internet kursierten. Mit welcher Geschwindigkeit man sie jedoch dort fand und vor allem in welch brillanter Schärfe sie dort zu sehen waren, ganz abgesehen davon, wie ihm der junge Doktorand ebenfalls gezeigt hatte, dass man sie auch drehen, vergrößern oder verkleinern konnte, das war ihm in diesem Ausmaß bisher nicht bewusst gewesen. Er hatte sich bis jetzt aber auch nie wirklich für diese Medien interessiert. Trotzdem musste selbstverständlich auch er zugeben, dass sich die Welt aufgrund dieser Medien verändert hatte. Allein durch die Tatsache, wie schnell sich jetzt alles mithilfe dieser Medien verbreiten konnte, war es heutzutage nahezu unmöglich vorherzusagen, wer gerade wo was sah. Vielleicht hatten zum Beispiel seine Bilder in Japan, Tansania, Bangladesch oder sonst wo auf der Welt längst Kultstatus erreicht. Vielleicht hielten sich just in diesem Moment, in überfüllten Bussen oder auf staubigen Straßen, bereits Dutzende von Menschen ihre Mobiltelefone mit seinen Bildern vor die Nase oder zeigten sie gerade im Freundes- oder Bekanntenkreis herum. Dass diese Werke, die da gestern auf dem Mobiltelefon aufgeleuchtet waren, allesamt aus einer längst vergangenen Epoche seines Schaffens stammten, hatte ihm auf fast schmerzliche Weise die Notwendigkeit des Besuchs dieses jungen Doktoranden vor Augen geführt. Natürlich war es schön, auch diese Bilder einmal wieder zu betrachten. Er hatte ja am Eifer des jungen Doktoranden sogleich bemerkt, dass auch unter diesen frühen Bildern einige großartige Werke zu finden waren. Woher sollte der junge Doktorand denn wissen, dass diese frühen Bilder dem Vergleich mit den Bildern, die er in all den Jahren danach geschaffen hatte und die hoffentlich, dank der Tatkraft des jungen Doktoranden, bald ebenfalls weltweit im Internet sichtbar werden würden, in keiner Weise standhielten? Gerade mit seinem jüngsten Werkzyklus, den er erst vor einigen Wochen abgeschlossen hatte, hatte er sich noch einmal selbst übertroffen. Regelrecht gepackt hatte es ihn. Wie aus einem tiefen, dunklen See, so hatte er die Motive zu sich heraufgefischt. Insofern hätte der junge Doktorand auch zu keinem besseren Zeitpunkt kommen können. Das hatte er ihm gestern sogar noch gesagt. Wie von einer inneren Uhr geleitet, die im Gleichklang mit seinem Schaffen schlug, war der junge Doktorand hier aufgetaucht. Deshalb war er auch nie nervös geworden, als der junge Doktorand zu den von ihm vorher angekündigten Terminen nicht erschien. Ein Künstler wie er durfte weder jemals den Glauben an sich noch die Geduld verlieren. Nur mit diesen beiden Tugenden vereint ließ sich ein solches Leben überhaupt meistern. Es gehörte schließlich zu den Gesetzmäßigkeiten eines solchen Lebens dazu, dass die gleichen Menschen, die über einige Jahre hinweg nach allem, was man teilweise auch etwas überhastet herausgeschleudert hatte, gegiert hatten, von einem auf den anderen Tag völlig gedankenlos wieder über einen hinweggingen. Aber wie man jetzt an dem jungen Doktoranden sah, hatte eben alles seine Zeit. Daran hatte er ja auch nie gezweifelt. Um dieses Vertrauen immer wieder erneuern zu können, hatte er nur auf seine Bilder schauen müssen. Von Anfang an war er sich bewusst gewesen, wie steinig der Weg war, den er ging, und allein aus diesem Grund war es deshalb auch richtig gewesen, wie er gestern Nacht noch dem jungen Doktoranden erklärt hatte, dass er auf dem Höhepunkt seines Erfolges, nur wenige Jahre nach Abschluss seines Studiums, als noch junger Mann, einer plötzlichen Eingebung folgend, diese Wassermühle im Tal gekauft hatte und aus der Stadt hier heraus in diese Gegend gezogen war. Dieses Haus konnte ihm keiner mehr nehmen, und ihm war es ja immer nur um seine Kunst gegangen. Selbstverständlich hätte er nicht Nein! gerufen, wenn der Erfolg sich auf eine Weise eingestellt hätte, dass er sich zusätzlich noch ein Penthouse in Manhattan oder Paris hätte leisten können, aber auch dort hätte er doch nichts weiter getan, als zu malen, und allein schon durch die vielen Flugstunden aufgehalten, wäre sein Werk jetzt sehr viel schmaler gewesen. Im Grunde war es ihm deshalb immer gleichgültig gewesen, an welchem Ort er lebte, weil er, wie er gestern ebenfalls bereits dem jungen Doktoranden gesagt hatte, nur in seiner Kunst zu Hause war. Genau das hatte man ihm hier auch stets übel genommen. Er hatte sich nämlich nie von der Piefigkeit, die hier herrschte, auch nur im Entferntesten vereinnahmen lassen. Wie ein Dorn ragte diese Wassermühle, seit er hier eingezogen war, feindlich aus der Erde hervor, und das Leben, das er führte, war immer ein Gegenentwurf zu dem Leben gewesen, das hier um ihn herum herrschte. Nur so fühlte er sich wohl, und nur so hatte er auch innerhalb seiner Wände diese besondere Atmosphäre erschaffen können. Dieses ganze Gebäude, vom Gemäuer übers Mobiliar bis hin zu den Heizkörpern, den Lampen und dem Geschirr, war er selbst. Dass der junge Doktorand das sogleich erfasst hatte, hatte er sofort gesehen. Vom ersten Moment an war er beeindruckt gewesen. Scheu hatte er sich in den kurzen Gesprächspausen umgeblickt und immer schnell nach seinem Glas gegriffen, und wenn sein Blick sich dann, wie magisch angezogen, in einem der Bilder an der Wand verfing, dem derselbe Blick Sekunden vorher noch mit Absicht ausgewichen war, konnte man mitverfolgen, wie es plötzlich in dem jungen Doktoranden rang, wie er einerseits die Augen nicht lösen konnte und wie er andererseits trotz seiner kräftigen Körpergestalt versuchte, sich wegzuducken, als wollte er sagen, dass dies noch nicht der richtige Moment sei, dass er noch nicht bereit sei, dies alles in sich aufzunehmen, dass er sich zuerst allein dieser Atmosphäre hingeben wolle. Deshalb passte es auch, wie es seinem Plan entsprach, den jungen Doktoranden den Vormittag über zur Eingewöhnung im Haus herumspazieren zu lassen. Er hatte ihm ja bereits mitgeteilt, dass ihm alle Türen hier offen standen, und dass er ihn, weil er noch Ordnung machen wollte, erst am Nachmittag zu sich ins Atelier hinaufbitten würde, hatte er ihm ebenfalls mitgeteilt. Auch so gab es schließlich genug zu sehen, und nichts von dem, was der junge Doktorand in der letzten Nacht geäußert hatte, deutete darauf hin, dass er in Eile war. Überhaupt schien er ein Mensch zu sein, der sich zwar langsam, dafür aber nur umso gründlicher auf die Dinge einließ, und schon gestern, während er den jungen Doktoranden beobachtet hatte, war ihm der Gedanke gekommen, ob es ihm vielleicht gelingen könnte, diesen Kosmos aus Kunst und Leben, den er sich hier erschaffen hatte, selbst noch einmal mit einem frischen Blick, quasi aus den Augen des jungen Doktoranden heraus, neu zu erschauen. Natürlich musste der junge Doktorand dafür erst noch seine Befangenheit, die ihm die Sicht verschleierte, ablegen, und auch dafür war es nicht nur gut, sondern auch notwendig, dass er ihn an diesem heutigen Vormittag seine Wege selbst erkunden ließ. Diese Zeit brauchte der junge Doktorand, denn natürlich war ihm der Respekt vor der Aufgabe, der Erste zu sein, der diese längst überfällige Arbeit über ihn anfertigte, in jeder seiner Bewegungen, in jeder seiner Äußerungen, in seinen Blicken und sogar in seinen Atemzügen anzumerken. Insofern hatte er, ohne dass sie darüber auch nur ein Wort gewechselt hätten, größtes Verständnis dafür, dass der junge Doktorand seinen Besuch immer wieder verschoben hatte. Im Gegenteil zeugte doch seine etwas zögernde Art nur davon, dass er sich der Verantwortung, die er mit dieser Aufgabe übernommen hatte, vermutlich nur zu bewusst war, und deshalb lag es jetzt allein an ihm, den jungen Gast von der Verkrampfung zu befreien, in die ihn dieses selbst erwählte, anspruchsvolle Vorhaben einschnürte, und ihm stattdessen die dafür notwendige Lockerheit einzuhauchen. Er hatte ja schon gestern damit begonnen. Ganz und gar ungezwungen hatte er sich gegenüber dem jungen Doktoranden gegeben. Allerdings war er auch in der besseren Position. Anders als der junge Doktorand, dessen Anspruch es nur sein konnte, ein vorerst allgemeingültiges Standardwerk über ihn zu verfassen, konnte er sich gemütlich zurücklehnen. Nur allzu bekannt war es ihm, wie schnell es sich in diesen akademischen Zirkeln herumsprach, wenn einer von ihnen einen bisher noch nicht behandelten Künstler zu seinem persönlichen Gegenstand erklärte. Für die zahllosen anderen war das dann nur Anlass und Anreiz, diese Arbeit zu vertiefen und richtigzustellen. Er wusste ja selbst noch aus seiner Zeit an der Akademie, dass, wenn einer von ihnen einen Künstler für sich entdeckt hatte und dieses Wissen vorsichtig, hinter vorgehaltener Hand, mit nur wenigen anderen teilte, sich trotzdem, wie im Nu, ganze Klassen auf diesen Künstler bezogen. Es waren ja auch, ohne dass er sich jetzt zu sehr auf die eigene Schulter klopfen wollte, immer die Gleichen, die damals diese neuen Impulse in der Akademie gesetzt hatten. Oder hatte zum Beispiel Hans jemals einen neuen Namen ins Spiel gebracht, den, außer ihm, nicht schon längst alle kannten? Einen Künstler für sich zu entdecken, zeugte schon an sich von einem außerordentlichen Geschick, und eben deshalb, weil der junge Doktorand tatsächlich der Erste war, der sich ihm und seiner Kunst mit einer solchen Arbeit näherte, würde er ihn auch unterstützen. Wie eines Sohnes, so nähme er sich seiner an. Wer würde es denn je erfahren, wenn sie diese Arbeit womöglich sogar gemeinsam schrieben? Nur wäre es vermutlich voreilig, jetzt schon mit dem jungen Doktoranden darüber sprechen zu wollen. Wahrscheinlich war es sogar am besten, wenn der junge Doktorand nie etwas davon erführe. Darum würde er auch darauf achten, dass er, wenn sie am Nachmittag ins Atelier hinaufstiegen, nicht den Fehler beging, ihm die Worte in den Mund zu legen, sondern sein Beitrag würde darin bestehen, den jungen Doktoranden behutsam an die Worte heranzuführen.

Wie ein Vater, der tief gebückt seinen Sprössling mit ebenso entschlossener wie unsichtbarer Hand auf seinen ersten Metern begleitet, so würde er ihn über die anfänglichen Hürden seiner Doktorarbeit führen. Zuerst ging es doch jetzt darum, ihn mit diesem langjährigen und unermüdlichen Schaffen in Einklang zu bringen. Diesen Gedanken hatte er schon gestern Nacht gehabt. Schon gestern Nacht hatte es ihm deutlich vor Augen gestanden, wie falsch es wäre, dem jungen Doktoranden heute im Atelier gleich alle Bilder zeigen zu wollen. Diese unzähligen ungehobenen Schätze würden nur seinen Kopf schwirren und ihn am Abend wie benommen die Treppe hinuntertaumeln lassen. Dass er diesen jungen Doktoranden nicht schon am ersten Tag vollständig überfordern durfte, war deshalb ein Gebot seiner Fürsorge. Bereits gestern, während sie sich diese vielen Bilder auf dem Mobiltelefon ansahen, hatte er an den Äußerungen des jungen Doktoranden, die im Laufe der Nacht erheblich an Fahrigkeit zunahmen, bemerkt, dass dieser sich noch schwer damit tat, seine Kräfte richtig einzuteilen. Dabei war ja sogar einiges richtig daran gewesen, was der junge Doktorand gestern noch zu dieser späten Stunde über dieses oder jenes Bild gesagt hatte. Viel wesentlicher jedoch als diese Worte war das Interesse, mit dem der junge Doktorand ihm zuhörte. In diesem Interesse lag sein wahres Potenzial. Es war ihm auch keineswegs entgangen, dass der junge Doktorand, sobald sich ihm die Gelegenheit bot, seinen Hals in

Richtung des Ateliers gereckt hatte. Insgeheim hatte er wohl sehnlichst gehofft, schon gestern Nacht nach dort oben hinaufgebeten zu werden. Wie ein still flehendes Anliegen, so greifbar lag dieser Wunsch im Raum, und es war ihm fast, als wenn er sich vor ihm schützen müsste. Nur deshalb hatte er den jungen Doktoranden auch nicht auf den Vormittag, sondern gleich auf den Nachmittag vertröstet. Sofort nach dem Frühstück würde er in sein Atelier hinaufsteigen und, nachdem er kurz Ordnung gemacht hatte, eine Auswahl der Bilder treffen, die er dem jungen Doktoranden später präsentieren würde. Er musste sich ja auch selbst erst wieder all die Titel in Erinnerung rufen. Vielleicht war es sogar eine gute Idee, den jungen Doktoranden zuerst über den Titel des jeweiligen Bildes nachsinnen zu lassen, bevor er es dann auf die richtige Seite drehte. So viel ließ sich über alles sagen, dass sie vielleicht sogar in einigen Monaten noch nicht damit fertig wären. Allein, wie viel Zeit sie mit der Betrachtung seines jüngsten Bildes verbringen könnten, und gerade bei diesem jüngsten Werk zeigte sich auch, wie wichtig der Titel …

»Ein Leihwagen! Jetzt wird mir sogar noch erklärt, was ein Leihwagen ist!«

Er öffnete die Augen, hielt den Atem an und fühlte, wie die Gedanken mit der gleichen Schwerelosigkeit, mit der sie sich gerade noch seiner bemächtigt hatten, nun wieder seinem Kopf entglitten. Warum nur war sie jetzt schon wieder wach?, dachte er und spürte, wie sie sich neben ihm aufsetzte und die Beine von der Matratze hob.

»Warum erklärst du mir eigentlich nicht, was ein Haus ist oder eine Wand oder ein Stuhl?«

Er drehte sich langsam zu ihr um. Über ihre Schulter hinweg sah sie zu ihm hinab.

»Nun los«, sagte sie, »erklär es mir schon!«

»Was denn?«

»Na was wohl? Du hast dich gestern doch noch so prächtig mit dem jungen Doktoranden unterhalten. ›Wissen Sie, junger Mann, meine Frau versalzt zwar das Gulasch und weiß nicht, was ein Leihwagen ist, aber ich bin jetzt schon so viele Jahre und Jahrzehnte mit ihr zusammen, da werden Sie es die paar Tage, die Sie bei uns sind, auch mit ihr aushalten.‹«

»Ich weiß gar nicht, wovon du sprichst.‹«

»Natürlich nicht!«, rief sie. Du willst es ja auch nicht wissen. Aber zum Glück interessiert es mich gar nicht, was ihr sonst noch alles über mich geredet habt.«

»Wie kommst du denn darauf, dass wir über dich geredet hätten?«

Sie warf den Kopf in die Luft. »Natürlich nicht!«, rief sie noch einmal und lachte kurz auf. »Die Herren haben ja nur über wichtige Dinge gesprochen. Die Herren wollen ja ihr Gespräch gleich wieder aufnehmen, während ich in der Küche stehe, weil die Herren sich ein neues Gulasch wünschen, und bitte nicht wieder diese salzige Pampe von gestern.«

»Ich verstehe gar nicht, was du hast«, sagte er und richtete sich im Bett auf. »Das war doch ein sehr gutes Gulasch. Du hast das Gulasch noch nie versalzen.«

Sie spürte, wie Tränen in ihre Augen stiegen. »Das schmeckst du doch gar nicht«, sagte sie.

Er wandte den Blick von ihr ab. »Wenn ich dein Gulasch nicht mögen würde«, sagte er, »würde ich es mir doch nicht regelmäßig von dir wünschen. Außerdem hast du selbst sehen können, wie gut es auch dem jungen Doktoranden geschmeckt hat. Wenn du nicht schon im Bett gewesen wärest, hätte er zu später Stunde bestimmt gern noch einen kleinen Nachschlag genommen, und wenn ich mich recht erinnere, hat er sich sogar auf der Treppe auf dem Weg ins Bett noch einmal umgedreht und gesagt, ich solle dir von ihm noch einmal für den freundlichen Empfang und das gute Essen danken.«

Sie fuhr sich mit der Hand über die Stirn. »Dann habt ihr euch also doch noch über mich unterhalten.«

»Es ist ja wohl noch erlaubt, dein Gulasch zu loben.«

Sie atmete zitternd durch. »Aber worüber ihr sonst noch gesprochen habt, willst du mir trotzdem nicht erzählen.«

Er zuckte mit den Achseln. »Das war gar nicht so viel.«

»Du willst mir doch nicht weismachen, ihr habt die ganze Nacht dort beisammengesessen und geschwiegen.«

»Natürlich nicht. Der junge Doktorand hat mir sein Mobiltelefon erklärt.«

»Und das soll ich glauben?«

»Warum denn nicht?«

»Weil dich das gar nicht interessiert! So ein Telefon geht dir völlig am Arsch vorbei. Du kannst mir doch nicht einfach irgendwas erzählen. So blöd bin ich nicht.«

»Muss ich mir jetzt von dir sagen lassen, was mich interessiert oder nicht interessiert!«

»Nein«, sagte sie und schüttelte den Kopf, »das musst du wirklich nicht. Das weiß ich schon selbst. Dich interessiert nur, dass du nach dem Frühstück möglichst schnell mit dem jungen Doktoranden in dein Atelier abzwitschern kannst. Wahrscheinlich hast du dort sogar schon seit Wochen etliche Weinflaschen gebunkert, damit ihr ja nicht zu schnell wieder nach unten müsst. Das würde die Frau nämlich nur stören, die sich dort um den ganzen Rest kümmern muss.«

»Ich habe da oben gar nichts gebunkert.«

»Das ist mir ganz egal«, sagte sie und grinste ihn an. »Meinetwegen könnt ihr da oben so viel Wein trinken, wie ihr wollt. Bis ihr umfallt, so viel Wein könnt ihr meinetwegen da oben trinken!«

Er griff nach der Bettdecke. »Wir wollen überhaupt keinen Wein trinken!«, zischte er, während er mit beiden Händen am Überzug zerrte. »Außerdem«, fuhr er mit plötzlich rotem Kopf fort und ließ seine Hände wieder in den Schoß hinabsinken, »gehe ich heute Vormittag wie immer ganz allein ins Atelier, und dem jungen Doktoranden werde ich sagen, dass er ins Städtchen fahren soll. In diesem Zustand wäre es regelrecht verantwortungslos, jemanden mit dir hier unten im Haus allein zu lassen. Das geht ja heute gar nicht, das ist ja noch viel schlimmer als zu der Zeit, als du noch deine Tage hattest.«

Mit einem Ruck drehte sie das Gesicht von ihm weg und starrte, während sich die Gedanken in ihr überschlugen und ineinander verschwammen, auf die Wand, die mit jedem ihrer Atemzüge vor und zurück zu weichen schien. Ganz trocken war ihr der Hals, und wo blieben ihr nur die Worte? Sie mussten doch irgendwo sein.

»Du kannst nicht …«, hörte sie sich endlich mit belegter Stimme sprechen, »… du kannst doch nicht den jungen Doktoranden gleich an seinem ersten Tag allein ins Städtchen fahren lassen. Du hast ja keine Vorstellung mehr davon, was dort mittlerweile alles geschieht. Was ist denn, wenn er gleich heute Jutta und Hans in die Arme läuft? Seit Jahren spricht Jutta alle Fremden, die sich ins Städtchen verirren, hemmungslos an, um sie sogleich an diesen scheußlichen Brunnen zu führen. Zu ihrer alleinigen Lebensaufgabe ist es geworden, niemanden unüberzeugt davon zu lassen, was für ein Meisterwerk ihr Mann da geschaffen hat. Das wirst du deinem jungen Doktoranden doch nicht schon am ersten Tag zumuten wollen. Ich erzähle dir das ja auch nur«, fuhr sie fort und wandte zögerlich das Gesicht wieder zu ihm hin, »damit du siehst, wie gut ich es mit euch beiden meine.«

Er warf ihr einen kurzen Blick zu.

»Lass mich in Ruhe«, sagte er und drehte sich wieder von ihr weg.

Sie griff sich an die Brust und holte tief Luft. »Was hält dich eigentlich davon ab«, fragte sie und lächelte zu seinem Rücken hin, »mit dem jungen Doktoranden gleich nach dem Frühstück in dein Atelier hinaufzusteigen?«

Er warf ihr einen kurzen Blick über die Schulter zu. »Ich muss noch Ordnung machen«, murmelte er.

»Wie bitte?«, fragte sie und lächelte weiter.

»Ich muss noch Ordnung machen«, wiederholte er etwas lauter.

»Aber warum denn? Das kann doch auch ich machen. Du hast genug Wichtiges zu tun.«

»Seit wann willst du denn Ordnung in meinem Atelier machen. Du weißt ja nicht einmal, an welchen Platz etwas gehört.«

»Ich kann es doch mal probieren.«

»Nicht nötig.«

»Aber das Frühstück will ich schon mal machen«, sagte sie jetzt und klatschte, während sie sich erhob, in die Hände. »Weißt du«, fuhr sie fort, während sie auf den Stuhl mit ihren Kleidern in der Zimmerecke zusteuerte, »manchmal fehlt einem nur eine Kleinigkeit zu essen, und schon ändert sich der ganze Blutzuckerspiegel wieder. Selbstverständlich habe ich auch nicht sonderlich gut geschlafen und war bestimmt auch deshalb ein bisschen gereizt. Aber so etwas darf man niemandem vorwerfen. Das kann uns allen mal passieren. In Wirklichkeit ist es nämlich so, dass ich mich tatsächlich über diesen Besuch freue. So ein Besuch bringt eine ganz neue Lebendigkeit ins Haus. Nur muss ich mich natürlich auch erst wieder daran gewöhnen. Aber das wird mir nicht schwerfallen. Mir hat dieser junge Doktorand vom ersten Augenblick an eigentlich recht gut gefallen. Natürlich ist er mehr dein Besuch, und ob er jetzt wirklich der beste oder geeignetste Doktorand für dich ist, das kann ich natürlich nicht beurteilen. Aber das wirst du ja sehen. Man muss diesem Menschen auch noch ein wenig Zeit geben, und natürlich kannst du bei allem, was du oder ihr in den nächsten Tagen zu tun gedenkt, auf meine volle Unterstützung zählen. Es ist ja auch«, wandte sie sich jetzt ihrem Mann zu, während sie die letzten Knöpfe ihrer Bluse schloss, »für seine Arbeit nicht ganz unwichtig, dass der junge Doktorand sich hier bei uns beiden wohl und aufgehoben fühlt, und deshalb«, fuhr sie fort und öffnete bereits mit einem letzten Blick auf ihren reglosen Mann die Tür, »bist du auch sicherlich damit einverstanden, dass der junge Doktorand mich heute Vormittag, während du im Atelier Ordnung machst, auf meinem täglichen Spaziergang begleitet. Das ist wirklich besser«, fügte sie noch hinzu, während sie schon über die Schwelle trat, »als ihn alleine ins Städtchen fahren zu lassen.«

Fast geräuschlos zog sie die Tür hinter sich zu, schloss die Augen und fuhr sich mit plötzlich zittrigen Fingern durch die schwarz gefärbten Haare. Wie hatte sie sich ihrem Mann gegenüber nur so vergessen können. Das durfte ihr nicht noch mal passieren. Sie war doch eine kluge Frau. Immer war sie stolz darauf gewesen, wie gut sie sich auch in schwierigen Situationen im Griff behalten konnte. Das hatte sie auch jetzt am Ende wieder bewiesen. Aber wie sie davor auf ihn losgegangen war, das war regelrecht fahrlässig gewesen. Daran waren nur die Nerven schuld. Sogar Tränen hatte es ihr zwischendurch in die Augen gedrückt. Aber jetzt war wieder alles gut. Alles war wieder bereinigt. Er konnte ihr jetzt diesen Spaziergang mit dem jungen Doktoranden gar nicht mehr abschlagen.

Sie ließ die Hände sinken, und während sie sich durch den schmalen Raum in Richtung Wohnzimmer aufmachte, spürte sie, wie unsicher sie noch auf den Beinen war. Nicht nur diese letzte, sondern auch die Nacht davor hatte sie schlecht geschlafen. Diese Nächte vor einem angekündigten Besuch des jungen Doktoranden waren jedes Mal Phasen, in denen sie nicht zur Ruhe fand. Es war bis gestern Abend ja auch gar nicht klar gewesen, ob dieser junge Doktorand seine Besuche bei ihnen vielleicht nur zum Spaß oder aus Gewohnheit ankündigte, und dafür, dass sie nun also schon seit zwei Nächten fast überhaupt nicht geschlafen hatte, hatte sie sich eben sogar noch recht gut im Griff gehabt.

Nur durfte sie ihren Mann nicht mehr so zur Weißglut bringen.

Vor der Stufe zum Wohnzimmer lehnte sie sich an den Türrahmen. Wäre sie nur ein bisschen ausgeschlafener, hätte sie schon beim ersten Gespräch heute Morgen herausgehört, wie angestrengt und angespannt ihr Mann war. So hatte sie ihn eigentlich noch nie erlebt. Selbst als dieser pfauengleiche neue Museumsdirektor ihnen seinen schnöden Besuch abgestattet hatte, nur, um danach nie wieder von sich hören zu lassen, war ihr Mann hinterher nicht so ruppig gewesen. Es war auch bisher nie vorgekommen, dass er ihr so dreist ins Gesicht log. Wie kam er bloß darauf, dass ausgerechnet sie ihm diese Geschichte mit dem Mobiltelefon abnehmen würde? Sie wusste doch besser als jeder andere, dass es dort oben im Atelier nicht das Geringste aufzuräumen gab. Schon häufig genug hatten sie darüber gestritten, warum sie ihm hier unten immer alles nachräumen musste, während er dort oben peinlichst auf Ordnung und Sauberkeit achtete. Im Gegensatz zum Beispiel zu dem Atelier von Hans war sein Atelier jederzeit vorzeigbar. Nicht umsonst hatte sie sich gestern schon gefragt, warum er, nachdem er den jungen Doktoranden hier unten kurz herumgeführt hatte, ihm nicht gleich auch das Atelier zeigen wollte. Dass er ihn nicht einmal heute Vormittag mit zu sich hinaufnehmen wollte, konnte nur bedeuten, dass ihm etwas an diesem jungen Doktoranden nicht behagte. Schon am Abend war ihr, wie sie sich jetzt erinnerte, diese leichte Resignation im Blick ihres Mannes aufgefallen, wenn er zu ihrem Gast hinsah. In diesen langen Momenten versuchte er nicht einmal, seine Enttäuschung zu verbergen. Immer tiefer hatte sie sich in sein Gesicht gegraben, und natürlich rührte diese Enttäuschung allein daher, dass er sich in den vielen langen Stunden, Tagen, Wochen, Monaten und Jahren dort oben in seinem Atelier völlig falsche Vorstellungen von diesem jungen Doktoranden gemacht hatte. Nur konnte er ihm das jetzt nicht ankreiden. Es war schließlich nicht die Schuld des jungen Doktoranden, dass ihr Mann im Alter immer sturer und unerbittlicher wurde. Wenn jemand oder etwas nicht genau seinem vorgefertigten Bild entsprach, dann winkte er nur noch ab. Insofern hatte der junge Mann gestern von Anfang an nicht die geringste Chance gehabt. Wie hätte er auch gegen diese starren Vorstellungen bestehen sollen, die sich von jeder Wirklichkeit himmelweit entfernt hatten? Selbst wenn der junge Doktorand zu Beginn noch diesen Vorstellungen entsprochen hätte, so hätte im Laufe ihrer Begegnung eine nichtige Geste oder eine verrutschte Stimmlage ausgereicht, dass er spätestens dann bei ihrem Mann in Ungnade gefallen wäre. Allein, dass der junge Doktorand statt zum Beispiel den Wein zu loben oder eine neugierige Frage zur Herkunft des Kerzenständers zu stellen, so lange von seiner mühsamen Fahrt berichtete, konnte dem Bild, das ihr Mann sich vorab von diesem Abend gemacht hatte, nicht entsprechen.

Aus den Augenwinkeln heraus hatte sie ihm angesehen, wie sehr ihn diese lange Erzählung ermüdete und verstimmte. Ihr Mann hatte auch überhaupt nicht verstanden, dass der junge Doktorand mit dieser Erzählung nichts anderes bezweckte, als kundzutun, dass er von der langen Reise erschöpft war. Diese Botschaft hatte nur sie verstanden. Die ganze Zeit über hatte sie sich während dieser Erzählung interessiert zu dem jungen Doktoranden vorgebeugt. Dabei hatte natürlich auch sie, wie sie jetzt dachte, als sie über die Stufe hinweg ins Wohnzimmer trat, sich bereits vorab ein Bild von ihm gemacht. Im Unterschied jedoch zu dem Bild ihres Mannes war ihres lebendig geblieben. In ihr Bild ließ sie jeden hinein, und in ihrem Bild durfte es sich jeder bequem machen. Da war dieser junge Doktorand keine Ausnahme. Gerade ihm würde sie in diesem Bild die nötige Wärme und Zuversicht zukommen lassen. Dieses große Verständnis war ihr Rahmen.

Sie griff nach dem Geländer und sah am Fuße der Treppe zum Gästezimmer hinauf. Was wäre es wohl für eine riesige Erleichterung für den jungen Doktoranden, wenn er schon jetzt erfahren könnte, dass er nicht gleich am Vormittag diesem grimmigen Mann in sein Atelier folgen musste, sondern stattdessen sie auf ihrer täglichen Wanderung begleiten würde? Allein das würde ihm Mut geben. Wahrscheinlich hatte er doch gestern schon die Ablehnung gespürt, die ihr Mann ihm entgegenbrachte. Wahrscheinlich fragte er sich seit Stunden, während er an die Decke starrte, was er wohl falsch gemacht hatte. Wahrscheinlich hoffte er bei jedem kleinsten Geräusch, dass endlich jemand käme, um ihn von diesen drückenden Selbstzweifeln zu befreien. Wahrscheinlich wünschte er sich nichts sehnlicher herbei als einen Menschen, der dort bei ihm auf der Bettkante säße, ihm sanft über die Wange streichen und dabei mit seiner beruhigenden Stimme auf ihn einreden würde. Es ist doch alles gut, junger Mann. Sie haben keinen Fehler gemacht. Ich werde das alles wieder in Ordnung bringen. In mir haben Sie eine Freundin hier. Geben Sie mir einfach Ihre Hand, und versuchen Sie …

Sie hörte die unterste Treppenstufe unter ihrem Gewicht knarren und zog schnell den Fuß zurück. Zuerst einmal würde sie dem jungen Doktoranden ein schönes Frühstück machen, dachte sie und wandte sich zum Wohnzimmertisch um. Mein Gott, dachte sie mit einem Blick auf die leeren Weinflaschen, und während sie sich dem Tisch näherte, verspürte sie den gleichen Ekel, den sie seit Jahren und Jahrzehnten vor diesen Resten der Nacht empfand. Nicht einmal sie konnte mehr zählen, an wie vielen Morgen sie diesen Tisch schon leer geräumt hatte.

Mit einem Seufzer ließ sie sich in den Sessel ihres Mannes sinken. »Bäh!«, entfuhr es ihr, und da sie jetzt den Aschenbecher mit seinen Zigarillostummeln und den unzähligen Zigarettenkippen des jungen Doktoranden von sich schob, merkte sie, wie schwach ihr Arm war.

Sie lehnte sich tief in den Sessel zurück und schloss die Augen. Vier Weinflaschen, dachte sie, das war ja gar nicht so viel, was ihr Mann und der junge Doktorand im Laufe dieser Nacht gemeinsam getrunken hatten. Das hatte sie schon viel schlimmer erlebt. Aber natürlich war es auch nicht wenig. Gerade nach dieser langen, mühsamen Fahrt war es für den jungen Doktoranden wahrscheinlich sogar viel zu viel gewesen. Aber natürlich hatte ihr Mann das wieder nicht sehen wollen, er hatte nicht einmal gemerkt, wie geschwächt der junge Doktorand schon bei seiner Ankunft wirkte. Wie hätte diese Fahrt auch spurlos an dem jungen Mann vorübergehen sollen? Sogar das Auto war nur geliehen, auch an das Auto hatte er sich erst gewöhnen müssen. Und dann noch dieser schreckliche Regen, und immer den Kopf so dicht an der Scheibe, um bloß den Abzweig nicht zu verpassen. Das konnte sie sich alles gut vorstellen. Selbst das eintönige Motorengeräusch hatte sie im Ohr, und sie sah die gelben und roten Schilder am Straßenrand, die plötzlich verwaschen auftauchten, und die Lider wurden immer schwerer und die Hände wärmer, und die Wolken drückten, und der Regen ließ nicht nach, und das Lenkrad steuerte von selbst, und auch das Mühlrad drehte sich endlich wieder, und sie hatte einen Eimer mit Wasser in der Hand oder war es nicht eigentlich eine Gießkanne, mit der sie durch das Städtchen schlenderte, und die Sonne schien, und aus der Eisdiele kam Hans, und das Basilikum in seinem Töpfchen war ganz eingetrocknet, und die gelben Blätter segelten zu Boden, und auch der Brunnen war versiegt, und um die Ecke schaute ihr Mann, und er sah noch richtig jung und gut aus, und dann liefen sie durch einen Wald, und wie immer redete Jutta munter und unaufhörlich auf sie ein, und wie immer spazierte ihr Mann vorneweg, und Hans hatte einen großen Klumpen Matsch am Fuß und zog das Bein nur mühsam nach, und dann fuhr ein Auto neben ihnen her, aber nur sie wusste, dass es der junge Doktorand war, und es war ja auch niemand zu sehen hinter dem Lenkrad. »Wer soll da schon sein?«, hörte sie sich sagen und blickte in die starren Gesichter der anderen drei, und dann saßen sie auch schon alle in dem Auto, aber das Auto wollte nicht fahren, und Jutta redete wieder die ganze Zeit auf sie ein, und sie hatte die Gießkanne auf dem Schoß, und Hans sagte: Vorsicht, das schwappt gleich über, und ihr Mann sagte, hier schwappt nichts über, und sie saß jetzt im Wohnzimmer, und von der Wand drehte sich der neue Museumsdirektor zu ihr um und blies sich eine dunkle Locke aus dem Gesicht, und es roch nach geröstetem Brot, und mit diesem gewaltigen Matschklumpen am Fuß kroch Hans keuchend über den Boden, und sie wich vor ihm zurück und sah jetzt zum Gästezimmer hinauf, und der Teekessel zischte, und die Tür dort oben öffnete sich, und Jutta kam heraus, und der Lippenstift hatte sich über ihre Wange verschmiert, und das Haar saß ihr schief, und mit den Händen ordnete sie noch ihre Brüste in der prallen Bluse, und ihre Augen leuchteten beseelt, und immer näher kam Juttas Kopf dem ihren, und ihre Lippen formten die immer gleichen Worte, aber erst jetzt konnte sie diese Worte verstehen: Was für ein Fang, Natascha, und sie spürte den Ruck, der sie durchfuhr, und über die Zeitung schaute ihr Mann zu ihr hin, und wie jeden Morgen saßen sie sich gegenüber, nur, dass sie heute zur falschen Seite blickte.

»Und?«, sagte er.

Sie fuhr sich mit den Händen durch das Gesicht und ließ dann ihren Blick über den gedeckten Tisch wandern und auf dem dritten Teller verharren. Kurz schüttelte sie den Kopf und sah zu ihrem Mann hin, der die Zeitung neben seine Teetasse gelegt hatte. »Wo ist denn der junge Doktorand?«, fragte sie.

»Zuerst einmal«, sagte ihr Mann, indem er sich bereits erhob, »ist es ja wohl mein Platz, auf dem du sitzt.«

Sie senkte den Blick, und noch im Nicken sah sie aus den Augenwinkeln ihren Mann das Kopfende des Tischs umrunden und seine Hand nach ihrem Arm ausstrecken. Sie zog den Arm zurück, drückte sich mit dem anderen hoch, und kaum, dass sie die Sitzfläche verlassen hatte, fiel er auch schon in den Sessel und beugte sich noch in der gleichen Bewegung vor, um die Zeitung auf seine Seite zu ziehen.

»Wer hat eigentlich den Tisch gedeckt?«, fragte sie, während sie mit schlurfenden Schritten um das Kopfende schlich.

»Na, wer wohl«, sagte ihr Mann, der gerade die Tassen austauschte.

Sie blieb kurz stehen. »Hast du denn auch abgeräumt?«, fragte sie, sah zuerst ihn an, dann über den Tisch und lachte plötzlich auf. »Das ist doch komisch«, sagte sie, »dass ich so eine Frage stelle. Daran sieht man, dass ich noch nicht richtig wach bin. Warum hast du mich eigentlich nicht geweckt?«, fragte sie und ließ sich in ihren Sessel nieder.

Er blickte wieder zu ihr hin. »Weil ich dich nicht stören wollte. Es ist auch keine große Tat, einen Tisch zu decken.«

»Sollen wir denn nicht auf den jungen Doktoranden warten, bevor wir mit dem Frühstück beginnen?«

»Das muss jeder für sich entscheiden.«

Sie sah seine Hand nach einer gerösteten Graubrotscheibe im Körbchen greifen. »Dass du überhaupt schon wieder was essen kannst nach allem, was ihr gestern getrunken habt. Mir wäre jetzt noch ganz schlecht.«

»Du bist auch nicht der Maßstab«, sagte er und sah sich auf dem Tisch um. »Das war ganz gemäßigt. Ein besseres Wort kann man dafür gar nicht finden.«

Ihre Augen folgten seinem Messer, das mit leichtem Kratzen Butter aufs Brot strich. »Vielleicht was du darunter verstehst«, sagte sie, »wie es allerdings jetzt dem jungen Doktoranden oben im Gästezimmer geht, möchte ich lieber nicht wissen.«

»Es wird ihm schon gut gehen«, sagte er und biss vom Brot ab.

Sie beugte sich zu ihm vor. »Das sagst du so leicht. Aber in Wirklichkeit weißt du es gar nicht. Auf jeden Fall«, fuhr sie fort und lehnte sich wieder zurück, »wird ihm diese Wanderung, die er nachher mit mir unternehmen wird, guttun. Er machte mir schon gestern den Eindruck, als könne er ein bisschen mehr Sauerstoff vertragen, und davon haben wir hier tatsächlich mehr als genug.«

Ihr Mann legte das Brot auf seinen Teller und wischte sich bedächtig über die Lippen. »Ich möchte ehrlich gesagt nicht«, sagte er dann, »dass dich der junge Doktorand heute auf deinem Spaziergang begleitet. Er hat sich ja nicht auf den langen Weg gemacht, um hier seine Freizeit zu verbringen, sondern weil er ein Vorhaben hat, und zu diesem Vorhaben gehört es«, fuhr er fort und wandte sich zu beiden Seiten seines Sessels um, »dass er zuerst auch diese Räumlichkeiten für sich erfasst. Für den Anfang ist das Arbeit genug.«

Sie richtete den Blick auf die Mitte des Tischs. »Dann helfe ich ihm dabei«, sagte sie, indem sie den Blick wieder zu ihrem Mann hinauf hob und ihm vorsichtig zulächelte, »so wichtig ist mir diese Wanderung auch gar nicht. Ich kenne den Weg ohnehin in- und auswendig.«

Er schüttelte den Kopf. »Mach du ruhig deinen Spaziergang«, sagte er, »ich möchte gar nicht, dass du dem jungen Doktoranden hier unten irgendetwas zu helfen versuchst. Er wird sich schon allein zu helfen wissen.«

Sie blickte ihren Mann eine Weile an. »Warum bist du nur so unfreundlich?«, sagte sie dann und schüttelte den Kopf. »Was hat er dir denn getan, dass du ihn so abweisend behandeln musst? Gleich am ersten Vormittag soll er dir bloß nicht auf die Nerven gehen und stattdessen hier unten ganz allein seine Stunden verbringen. Was ist denn das für ein Verhalten! Du müsstest dich doch eigentlich freuen, dass er endlich da ist. Wer kann schon von sich behaupten, dass einer eine Arbeit über einen schreiben möchte. Stattdessen führst du dich auf, als wolltest du ihn im Vorhinein dafür bestrafen. Das verstehe ich einfach nicht, und das kann auch niemand verstehen.«

Er winkte ab. »Ich weiß gar nicht, worüber du redest, und abgesehen davon gibt es für dich auch überhaupt keinen Grund, dich in unsere Angelegenheiten einzumischen.«

»Eure Angelegenheiten!«, rief sie und warf die Arme in die Luft. »Das sind ja tolle Angelegenheiten«, fuhr sie fort und verstummte, da sie seine Lippen bereits vor Zorn beben sah. Vorsicht!, leuchtete es in ihr auf. Vorsicht!, ermahnte sie sich, und ihr Blick floh zur Ecke des Tischs. »Nein«, sagte sie dann und spürte ein leichtes Zischen zwischen den Zähnen, »das wird schon alles seine Richtigkeit haben. Du wirst selbst wissen, was du tust. Ich will mich auch gar nicht in eure Angelegenheiten mischen. Trotzdem«, fuhr sie fort und erhob sich behutsam, »mache ich jetzt erst mal einen Kaffee für den jungen Doktoranden. Das wird schließlich noch erlaubt sein. Vielleicht trinkt er ja lieber Kaffee als Tee zum Frühstück, und falls nicht«, sagte sie jetzt und wandte sich vom Tisch ab, »kann ich ihn auch heute Mittag noch mal aufwärmen.«

Er sah seiner Frau hinterher. »Tu das!«, rief er, als sie schon die zwei Stufen in Richtung Küche hinunterstieg. Dann nahm er das Brot von seinem Teller, betrachtete es, legte es auf den Teller zurück, fingerte aus seiner Innentasche ein Zigarillopäckchen hervor, rückte sich im Sessel zurecht, zog das Jackett über dem Bauch zu, zündete das Zigarillo an und schaute, während er den Rauch in die Luft blies, über die Sessellehne hinweg in Richtung Treppe. Nach dem Zigarillo würde er in sein Atelier hinaufsteigen. Schon jetzt war er zu spät dran. Sollte der junge Doktorand ruhig noch ein bisschen schlafen. Das war schließlich das Recht der Jugend. In diesem Alter stand einem noch nicht vor Augen, wie kurz das Leben in Wahrheit war. Oder erwartete der junge Doktorand, dass man ihn weckte? Aber warum sollte er. Er war ja kein Kind mehr. Dem jungen Doktoranden konnte durchaus schon bewusst sein, dass er, wenn er jetzt bald hier am Tisch erschiene, gleichsam ein Zeichen dafür setzen würde, wie ernst es ihm mit seiner Arbeit war. Oder hatte sein junger Gast bereits das Selbstvertrauen verloren? Hatten ihre gestrigen Gespräche ihn vielleicht so überfordert, dass ihn den ganzen Morgen über die Frage quälte, ob er sich dieser Arbeit tatsächlich gewachsen fühlte, und er sich deswegen nicht zu ihm hinunter wagte?

Er nahm einen kräftigen Zug vom Zigarillo, sog den Rauch tief ein und blickte auf den Tisch. Was hatte es für einen Sinn, jetzt irgendwelche Mutmaßungen anzustellen? Der junge Doktorand würde schon kommen. Natürlich hatte ihn das gestrige Gespräch aufgewühlt, aber doch nur auf eine positive Weise. Dieses gestrige Gespräch hatte in diesem Planungsstadium ein ganz neues Licht auf seine Arbeit geworfen, und darüber musste der junge Doktorand jetzt erst nachdenken, denn natürlich ließ ihm das keine Ruhe.

Er nahm einen Schluck Tee. Wie wäre es zum Beispiel ihm ergangen, wenn er als junger Mann einem Künstler, den er bewunderte, einen Besuch abgestattet hätte und mit ihm eine solche Nacht mit einem solchen Gespräch verbracht hätte? Das wären doch auch für ihn damals zu viele neue und aufregende Gedanken gewesen, als dass er sie anschließend alle hätte in den Schlaf wiegen können. Auch er hätte dort oben sicher noch lange mit offenen Augen im Bett gelegen und in die Stille gelauscht. Das waren doch alles Gedanken, die weiter überprüft, hinterfragt und erforscht werden wollten. Womöglich hätte es ihn gar nicht in diesem Zimmer gehalten, und vielleicht war auch der junge Doktorand noch einmal heruntergekommen, um all diese Gedanken zu ordnen und sie hier unten auf ihre Wahrhaftig-keit hin abzuklopfen. Vielleicht hatte er noch vor weni-gen Stunden hier in diesem Sessel ungeduldig auf das nur zögerlich erscheinende Morgenlicht gewartet, und vielleicht hatte er in diesen Stunden bereits erfasst, dass es hier nicht länger nur um seine Arbeit ging, sondern dass er hier auf einen Ort von weit größerer Bedeutung gestoßen war. All das hier, dachte er jetzt, als er sich er-hob, galt es lebendig zu halten. Schon immer war ihm bewusst gewesen, dass er keine Ausnahme darstellte, dass er einer von diesen schicksalhaft erwählten Künst-lern war, die ihre Grenzen sprengende Bedeutung erst lange nach ihrem Tod entfalteten. Nur das war doch der alleinige Grund, weshalb er sein ganzes Leben und Wir-ken hier in diesem Haus gebündelt hatte.

Er trat an die Wand zu einem seiner Bilder vor. Schon heute Morgen, als er sich dazu erbarmt hatte, den Tisch zu decken, war es ihm gelungen, diese Wände mit ihrer gleichmäßigen Hängung aus einem über das eigene Leben hinweg andauernden Blickwinkel zu betrachten. Nichts anderes als ein Museum war es, das er hier er-schaffen hatte, und natürlich war jedes Museum auch ein Grab, und sein ganzes Künstlerleben hatte er der Ausgestaltung dieses Grabes geopfert. Seine Seele war hier in diesem Grab zwischen diese Rahmen gespannt, und hier in diesem Grab würde sie ewig walten, denn in diesem Grab gab es kein Verschwinden, und die Zeit würde …

»Aua!«

Er trat einen Schritt zurück.

»Aua!«, hörte er seine Frau wieder aus der Küche rufen und griff sich an die Stirn. Eine Regelung, schoss es ihm in den Kopf, natürlich musste er mit dem jungen Doktoranden auch noch über eine Regelung bezüglich Natascha sprechen, dachte er und sah sie um die Ecke kommen und die zwei Stufen zum Wohnzimmer hinaufhinken.

»Du würdest hier wahrscheinlich auch so stehen, wenn ich mir in der Küche den Hals gebrochen hätte«, sagte sie.

»Was ist denn?«, fragte er.

»Ich habe mir das Knie verrenkt.«

»Wobei?«

»Einfach so. Beim Bücken. Eine falsche Bewegung, und plötzlich … Aua!« Sie griff sich ans Knie. »Auf jeden Fall«, fuhr sie fort, indem sie sich wieder aufrichtete und ihrem Sessel entgegenhinkte, »muss ich mich erst mal hinsetzen.«

Er schaute zu, wie sie sich einen Stuhl vor ihren Sessel zog, auf dem sie, nachdem sie sich gesetzt hatte, ein Bein ablegte.

»Du kannst ruhig sagen, dass es dir leidtut«, sagte sie.

»Was denn?«, fragte er und griff sich in den Bart. »Das mit deinem Knie?«

»Was denn sonst?«, sagte sie, beugte sich vor und strich mit der Hand darüber. »Ach, ist das ein Jammer«,

sagte sie. »Ich hatte mich so auf meine Wanderung gefreut, zumal das Wetter wieder schön ist, aber mit diesem
Knie geht es einfach nicht. Ich warte heute mal ab, aber
wenn es bis morgen nicht besser wird, muss ich zum Arzt.«

»Das siehst du dann ja«, sagte er und wandte sich
wieder seinem Bild zu.

»Guckst du dir gerade dieses Bild an?«, fragte sie.

Er nickte kurz.

»Und?«

»Was und?«

»Gefällt es dir noch? Weißt du«, fuhr sie fort, da er
nicht reagierte, »ich war schon viel zu lange nicht mehr
oben in deinem Atelier. Nicht, dass du denkst, es interessiert mich nicht, aber du lädst mich auch nie ein.«

Er warf ihr einen schnellen Blick zu.

»Mich würde es wirklich freuen, mal wieder hinauf-
zukommen«, fuhr sie fort, »vielleicht nicht gerade heute
Vormittag, wegen des blöden Knies und der Treppe,
aber gern in den nächsten Tagen. Woran arbeitest du
eigentlich derzeit?«

Er rührte sich nicht. »Siehst du denn nicht, dass ich
mir gerade Gedanken …«

»Da ist er!«

Die Stimme seiner Frau durchzuckte ihn. Mit einem
hastigen, rückwärtigen Schritt trat er in die Tiefe des
Raumes zurück und sah zur Treppe hinauf, die der
junge Doktorand hinabstieg. Kurz trafen sich ihre Blicke, und er nickte ihm zu.

»Das ist ja schön, Sie zu sehen«, hörte er seine Frau sagen, die sich erhoben hatte und einen Stuhl für den jungen Doktoranden einladend ein Stück weit vom Tisch abrückte. »Sie kommen gerade rechtzeitig. Mein Mann hat zwar schon gefrühstückt, aber ich wollte eben anfangen.«

Der junge Doktorand ließ sich auf dem Stuhl nieder, zog mit einer gemächlichen Bewegung sein Telefon aus der Bauchtasche seines Kapuzenpullovers und legte es neben sich auf den Tisch.

»Das haben Sie wohl immer dabei«, sagte sie, beugte sich in seine Richtung vor und blickte auf das Telefon hinab.

»Das ist heutzutage so«, sagte ihr Mann, der zum Tisch gekommen war und sich in seinen Sessel setzte.

»Was trinken Sie eigentlich lieber zum Frühstück«, fragte sie jetzt und wies auf die dritte Tasse, »Kaffee oder Tee?«

Der junge Doktorand schaute über den Tisch. »Das ist mir eigentlich egal«, sagte er.

»Egal?«, fragte sie zurück und schüttelte freundlich den Kopf. »Ich glaube nicht, dass es Ihnen egal sein kann. Ich glaube, Sie können nach der letzten Nacht sicher einen guten Kaffee gebrauchen. Er ist auch schon fertig. Ich muss ihn nur noch bringen. Ich trinke nämlich heute«, fuhr sie fort, indem sie sich erhob, »zur Feier des Tages einen Kaffee mit Ihnen mit. Das machen wir sonst nie am …«

»Warte«, sagte ihr Mann und reichte ihr das Brotkörbchen hinauf, »toaste das doch noch mal nach.«

Sie nahm das Brotkörbchen entgegen. »Wird es dann
nicht zu hart?«, fragte sie.

»Das kriegst du schon hin«, sagte er, und während sie
sich nun entfernte, räusperte er sich. Dann sah er zur
Decke hinauf.

»Ja«, sagte er, »so ist das hier. Manchmal schaut man
sich um und fragt sich, ob man sich das ausgesucht oder
ob es zu einem gekommen ist. Dabei ist doch jeder Weg,
den man geht, immer einer von vielen, und alle kämpfen wir auf diesem Weg gegen die Zeit. Die Zeit«, sagte
er jetzt, senkte den Kopf und fuhr sich durch den Bart,
»lässt uns keine Ruhe. Die Zeit bringt uns immer in
Bedrängnis. Sie hetzt uns. Sie scheucht uns auf, und die
Spanne, die sie uns gewährt, reicht nicht mal für einen
Bruchteil dessen, was wir vermögen. Aber was rede ich
da. Sie haben sich ja bestimmt schon selbst ein kleines
Bild von all dem hier gemacht. Wissen Sie«, fuhr er nach
einer Pause fort und nahm den jungen Doktoranden
ins Visier, »ich bin nicht einmal besonders stolz auf das,
was hier entstanden ist. Das, was Sie hier sehen können,
geschah alles nur aus einer Notwendigkeit heraus. So
etwas kann man sich gar nicht vornehmen. Sie erinnern
sich doch noch an das, was wir bereits gestern bespro-
chen haben, dass es vermutlich sinnvoll für sie ist, sich,
bevor wir später ins Atelier hinaufgehen, zuerst hier
unten umzusehen, denn wenn ich mir allein das, was

Sie hier unten erschauen können, von Anfang an vorgenommen hätte oder wenn ich mir damals, vor vielen Jahren, auch nur gesagt hätte, darauf möchte ich hinarbeiten, säßen wir jetzt wahrscheinlich in einem leeren Raum und hätten uns nichts zu sagen. Solche Dinge darf man sich nämlich nicht vornehmen. Dafür ist die Kunst viel zu eng an die Tragik und das Unglück gebaut, und das Einzige, was einen Künstler von diesen ständigen Begleitern des Lebens trennt, ist sein staunender Blick, ein Staunen, das plötzlich über ihn kommt, wenn die Hand eigenmächtig einen Strich gesetzt hat, den der Kopf eigentlich ganz anders setzen wollte. Wie soll man sich so etwas vornehmen, und wie sollte man sich erst recht vornehmen, darüber zu staunen? Das wäre dann doch das Gegenteil vom Staunen selbst.«

Er hielt den Blick auf den jungen Doktoranden gerichtet, der, den Kopf ein wenig vorgebeugt, nachdenklich vor sich hin nickte und ihn nun leicht zur Seite in Richtung der Schritte wandte.

»Wie haben Sie eigentlich geschlafen?«, fragte Natascha Greilach, nachdem sie die beiden Stufen hinaufgestiegen war. »Es ist gemütlich dort oben, finden Sie nicht? Manchmal lege ich mich nachmittags auch noch mal für ein Stündchen dort hin. Das merkt mein Mann gar nicht«, fuhr sie fort und stellte Kaffeekanne und Brotkörbchen auf den Tisch. »Oder merkst du das etwa doch?«, fragte sie zu ihm hin und ließ sich in ihren Sessel sinken.

»Ich weiß gar nicht, ob es unseren Gast interessiert«, sagte er, »wo du dich wann bettest.«

Sie hob die Hände in die Luft. »Was habe ich denn jetzt schon wieder Falsches gesagt?«, sagte sie in theatralischer Pose und lächelte kurz dem jungen Mann zu. »Das hier ist ein freies Haus. Hier kann jeder sagen, was er möchte. Du könntest dich wenigstens dazu durchringen«, fügte sie jetzt mit gepresster Stimme hinzu und richtete ihren Blick auf die Kaffeekanne, »unserem Gast endlich einzuschenken.«

Wieder räusperte sich ihr Mann, bevor er dann zögerlich einen Arm nach der Kaffeekanne ausstreckte.

»Wolltest du nicht schon längst in dein Atelier gegangen sein?«, fragte sie und sah von seiner Hand zum jungen Doktoranden hinauf.

»Lass das ruhig meine Sorge sein.«

»Wissen Sie«, fuhr sie unbeirrt fort, »er muss unbedingt Ordnung machen. Es ist schon eine Ewigkeit vergangen, dass ihn jemand dort oben besucht hat.«

»So lange ist das nun auch wieder nicht her«, sagte er, ließ sich in den Sessel zurückfallen und lächelte wissend zu dem jungen Doktoranden hin.

Sie zuckte mit den Schultern. »Also ich kann mich zumindest nicht mehr daran erinnern, wann das gewesen sein soll, und ich wohne schließlich auch hier.«

Er fuhr fort, zu dem jungen Doktoranden hin zu lächeln. »Ich glaube, unser junger Gast weiß jetzt schon sehr viel besser als du, dass ich, wenn mir der Sinn danach stünde, dort oben so viel Besuch haben könnte, wie ich wollte«, sagte er dann und wandte sich zu seiner Frau um, die ihn stumm betrachtete. »Wenn ich nämlich wollte«, fuhr er fort, »könnte ich jeden Tag dort oben Besuch empfangen. Nur darum geht es gar nicht, und selbst wenn unser junger Gast überhaupt der Erste wäre, der mich dort oben besuchte, auch dann hätte noch alles seine Richtigkeit, und deshalb würde ich an deiner Stelle auch nicht versuchen, so viel von Dingen zu sprechen, von denen du nichts verstehst.«

Sie spürte, wie ihr das Blut in den Kopf schoss und sich ihr Herzschlag beschleunigte. Trotzdem wich sie seinem Blick nicht aus. »Ich wollte unserem Gast doch nur erklären, warum du vielleicht ein wenig angespannt bist.«

»Ich bin aber nicht angespannt«, drosselte er seine Stimme, »und deshalb gibt es auch nichts zu erklären. Hier kümmert sich nämlich jeder nur um seinen Bereich«, sagte er jetzt zu dem jungen Doktoranden hin, »und das muss auch so sein.«

Der junge Doktorand senkte den Blick auf seinen Teller. »Ich weiß nicht«, sagte er.

»Was wissen Sie nicht?«

»Ob das so sein muss.« Er hob den Blick wieder an.

Natascha beugte sich über den Tisch zu ihrem Mann vor. »Siehst du«, sagte sie mit plötzlich aufgehellter Miene, »das muss nämlich gar nicht immer so sein. Das versuche ich dir schon ganz lange zu sagen, aber auf mich hörst du ja nicht.«

Ihr Mann lehnte sich in den Sessel zurück und winkte ab.

»Vielleicht geht es gar nicht darum, dass er auf Sie hört«, sagte der junge Doktorand.

Mit unvermindertem Strahlen sah sie ihn an. »Jetzt wollen wir erst mal frühstücken«, sagte sie, griff nach dem Brotkörbchen und hielt es dem jungen Mann entgegen. »Wir haben schließlich beide noch nichts gegessen, und gerade Sie müssen nach der letzten langen Nacht mächtig hungrig sein. Wissen Sie«, fuhr sie fort und nahm sich selbst ein Brot, »die meisten Zwistigkeiten zwischen meinem Mann und mir entstehen immer dann, wenn wir uns mit leerem Magen unterhalten. Eigentlich sind nämlich sowohl er als auch ich ganz friedliebende Menschen.« Sie sah zu ihrem Mann hin, der sich soeben ein neues Zigarillo anzündete. »Du willst doch jetzt nicht wirklich rauchen«, sagte sie, »siehst du nicht, dass wir gerade mit dem Frühstück beginnen.«

Mit dem Handballen schob der junge Doktorand seinen Teller von sich. »Ich würde auch gerne rauchen«, sagte er und zog auch schon aus seiner Bauchtasche ein Päckchen Tabak hervor.

Sie schüttelte den Kopf. »Das ist hier ja wie eine Verschwörung«, sagte sie. »Wisst ihr denn gar nicht, was ihr euch da antut? Gerade neulich haben sie wieder so einen schrecklichen Beitrag im Fernsehen gezeigt. Aber es ist ja zum Glück nicht meine Gesundheit. Ich zumindest werde …«

Sie starrte auf das Telefon des jungen Doktoranden, aus dem mit einem brummenden Unterton eine fremde Melodie ertönte. Auch er war kurz zusammengefahren, und der Tabak, den er in seinem Blättchen gesammelt hatte, lag jetzt krümelig auf dem Tisch.

»Ist das nicht ein Klingeln?«, fragte sie, und der junge Doktorand nickte.

»Warum haben Sie nicht abgenommen?«, fragte sie, als das Telefon wieder verstummt war.

»Ich schreibe gleich zurück«, sagte er und wischte den Tabak über die Tischkante hinweg ins Blättchen.

Sie sah zu ihrem Mann. »Das war ja gerade wie im Film«, sagte sie, »da klingelt es auch immer so. Haben Sie denn eine Idee«, wandte sie sich wieder an den jungen Doktoranden, »wer es gewesen sein könnte?«

»Das geht dich nun wirklich nichts an«, sagte ihr Mann.

»Es war meine Mutter«, sagte der junge Doktorand, »sie wollte bestimmt nur wissen, ob ich gut bei Ihnen angekommen bin.«

»Das sind Sie doch!«, entfuhr es ihr.

»Aber das kann ja seine Mutter nicht wissen«, sagte ihr Mann, »das ist doch der Grund, weshalb sie ihn zu erreichen versucht.«

»Du bist ja so schlau«, sagte sie, »das ist mir schon selbst klar.«

»Am besten«, sagte ihr Mann, als er sich nun erhob, »lassen wir Sie jetzt mal für eine Weile allein. Dann haben Sie Ruhe und können ungestört Ihrer Mutter auf

Ihrem Telefon eine Nachricht zurückschreiben. Meine Frau hat ohnehin viel in der Küche zu tun, und ich muss leider ins Atelier hinauf. Aber wie ich Ihnen ja schon gestern gesagt habe«, fuhr er fort und breitete die Arme aus, »fühlen Sie sich bitte so frei und ungezwungen, als ob es Ihr Haus wäre, und scheuen Sie nicht davor zurück, sich überall umzusehen. Kaffee und Tee ist, wie ich sehe, ja noch genügend da, und falls Ihnen auf Ihren Erkundungen hier eine Frage in den Sinn kommt, zum Beispiel, warum dieses Bild neben dem hängt und das dort wiederum allein, dann erscheint es mir ratsam, dass Sie sich diese Frage notieren. Für mich ist es sehr interessant, wie Sie das alles hier wahrnehmen. Haben Sie denn eigentlich«, fragte er jetzt, »etwas zu schreiben, oder machen Sie das auch mit Ihrem Telefon?«

Der junge Doktorand hob sein Telefon an. »Das genügt erst mal.«

»Das müssen selbstverständlich Sie wissen«, antwortete er, während er um den Stuhl des jungen Gastes auf den Sessel seiner Frau zuging, »aber ich würde an Ihrer Stelle die wichtigen Dinge zusätzlich noch handschriftlich notieren. Man darf diesen Geräten nicht zu sehr vertrauen.«

»Du meinst wegen Stromausfalls«, sagte sie und sah zu ihrem Mann hinauf, der vor ihr stand.

»Komm jetzt«, sprach er zu ihr hinab.

»Können Sie damit eigentlich auch Fotos machen?«, fragte sie, indem sie sich unwillig erhob.

»Natürlich kann er das«, sagte ihr Mann und drängte sie vor sich her.

»Aber doch nur, wenn man Internet hat«, sagte sie.

»Natürlich nur, wenn man Internet hat«, sagte ihr Mann, »aber das hat er ja.«

»Du weißt ja immer alles besser«, sagte sie, während sie sich mit kleinen Schritten in Richtung Küche aufmachte. Kurz vor den Stufen wandte sie sich noch einmal um. »Es stört Sie doch nicht«, sagte sie, »wenn ich mir in der Küche das Radio leise anmache?«

Der junge Doktorand schüttelte den Kopf und zog den Aschenbecher zu sich heran.

»Das ist gut«, sagte sie und stieg die Stufen hinab. »Wissen Sie«, fuhr sie fort und erhöhte, da sie um die Ecke bog, die Lautstärke ihrer Stimme, »ich höre nämlich immer Radio in der Küche. Das ist eine richtige Leidenschaft von mir.«

Ihr Mann schaute noch eine Weile auf die Stelle, an der sie außer Sicht geraten war, und ließ seinen Blick anschließend unschlüssig durch den Raum schweifen. »Sie haben ja alles«, sprach er endlich zu dem jungen Doktoranden hin, »und Sie wissen ja auch, wo Sie mich zur Not finden können.«

Der junge Mann nickte und sah ihm nach, wie er sich zur Treppe begab und, mit einer Hand immer am Geländer vorausgreifend, schweren Schritts die Stufen hinaufstieg.

Dann zündete er sich eine Zigarette an. Warum nur

hatte Humam noch nicht zurückgeschrieben? Natürlich hatten sie sich gestritten, und natürlich war es dumm und gemein von ihm gewesen, Allah einen Schwachkopf zu nennen, aber wenn Humam wüsste, in was für einer Situation er sich hier befand, würde er auch verstehen, weshalb er schon gestern Morgen so angespannt war. Es war ihm einfach nicht mehr gelungen, diese aggressive Vehemenz, mit der seine Mutter ihn zunehmend bösartig gedrängt hatte, nun endlich einmal hierherzufahren, aus seinem Ohr herauszubekommen, und deshalb würde er ihr jetzt auch keine Zeile zurückschreiben. Nicht die kleinste Chance, sich zu widersetzen, hatte sie ihm offengelassen, und er hatte keinen Zweifel daran, wie ernst es ihr damit war, ihm sonst das Geld zu streichen. Nur durfte das doch erst geschehen, wenn Humam in einigen Monaten ausgezogen war und er sich einen anderen Untermieter nehmen konnte. Bis dahin musste er versuchen, sie weiter zu vertrösten. Sie lebten schließlich beide von diesem Geld, und dass er sie seit Monaten belog, wenn er am Telefon mit ihr sprach, hatte sie sicher längst bemerkt. Nur wollte sie auch nichts anderes hören. Sie suchte ja nicht einmal mehr das Gespräch mit ihm. Das war ihm gestern auf dieser langen Fahrt endgültig klar geworden. Völlig übergeschnappt war seine Mutter mittlerweile. Das, was sie von ihm einforderte, waren nur Projektionen und die pure Angst, sonst vor ihrem Liebhaber als Versagerin dazustehen. Wahrscheinlich erzählte sie all diese Unwahrheiten, die sie von ihm zu hören verlangte, wie gut es mit seiner Mappe vorangehe, wie fleißig er sei und dass er sich derzeit häufig zum Zeichnen in den Park setze, direkt an seinen ehemaligen Kunstlehrer weiter. Vermutlich waren genau diese Lügen der Kitt, der die beiden zusammenhielt. Auch das war ihm auf dieser Autofahrt plötzlich aufgegangen. Nur, was hatte das eigentlich mit ihm zu tun? Das war nicht sein Problem. Es konnte doch nicht sein Problem sein, dass seine Mutter mit seinem ehemaligen Kunstlehrer ein Verhältnis begonnen hatte.

Er drückte die Zigarette aus, sah auf sein Telefon und nahm den Tabakbeutel wieder in die Hand. Vielleicht sollte er ihr doch eine kurze Nachricht schreiben? Sonst rief sie hier womöglich noch auf dem Festnetz an. Sommer hier, ich wollte nur fragen, ob mein Sohn Florian bei Ihnen angekommen ist … Ah, das ist schön, und hat er Ihnen schon seine Mappe gezeigt? Wir sind ja so froh, dass jemand mit Ihrem Sachverstand endlich mal ein Auge darauf wirft. Unserer Meinung nach gehört er nämlich unbedingt an die Kunstakademie …

Er zog ein Zigarettenblättchen aus der Lasche. Sollte sie doch anrufen. Schlimmer konnte es diese Situation auch nicht mehr machen. Hätte er nicht so viel trinken müssen, wäre er bereits gestern Nacht schon wieder zurückgefahren. All seine Befürchtungen waren doch noch weit übertroffen worden. Dass Günter Greilach in ihm einen Menschen sah, der anscheinend an einer großen Arbeit über ihn schrieb, die dann auch irgendwann in

Druck gehen würde, war ja nicht seine Schuld, sondern in diese Lage hatte ihn sein ehemaliger Kunstlehrer gebracht, der diesen hochtrabenden Brief in seinem Namen formuliert hatte. Von Anfang an war ihm das ganze Unterfangen furchtbar peinlich gewesen. Gerade dass sein früherer Lehrer den Aufsatz, den er im Rahmen des Kunst-Leistungskurses über eine kleine Lithografie von Günter Greilach geschrieben hatte, in diesem Brief so hervorgehoben und überbetont hatte, war ihm als besonders überflüssig erschienen. Aber seine Mutter hatte, als sein Lehrer an diesem Abend vor zwei Jahren, mitten in der Abiturvorbereitung, zu ihnen gekommen war und neben ihnen auf dem Sofa gesessen hatte, jeden dieser Sätze einfach nur großartig gefunden. Gegen seinen Willen waren ihm auch jetzt noch einige Formulierungen dieses Machwerks deutlich in Erinnerung geblieben, was seinen Grund nur darin hatte, dass sein Kunstlehrer diesen Brief an diesem unseligen Abend noch mindestens drei Mal laut vorgelesen hatte. Dass er sich als Diener an der Kunst sehe, dass er seine Zukunft so oder so im Akademischen sehe, dass das Werk von Günter Greilach prägend für sein visuelles Denken gewesen sei und immer sein würde und dass es deshalb eine große Ehre für ihn wäre, ihn, Herrn Günter Greilach, mit einem ureigenen Anliegen einmal persönlich behelligen zu dürfen.

Er zündete sich die Zigarette an. Im Nachhinein hatte es ihm ziemlich wehgetan, dass sein ehemaliger Kunstlehrer den ganzen Zirkus nur veranstaltet hatte, um sich an seine Mutter ranzumachen. Auch als er schon in Berlin wohnte, hatte es sich noch auf seine ganze Situation ausgewirkt. Bis zu jenem Abend war er immer stolz auf die Aufmerksamkeit und das überschwängliche Lob seines früheren Lehrers gewesen. Im Prinzip hatte er aber schon an diesem Abend, an dem seine Mutter und sein Lehrer wie gebannt einander angestrahlt und sich über ihn hinweg für das kommende Wochenende zum Tennis verabredet hatten, jegliche Lust am Zeichnen verloren, und natürlich gab sein Vater, auch wenn er es nicht aussprach, vor allen Dingen ihm die Schuld daran, dass seine Mutter nur wenige Wochen später mit seinem Kunstlehrer ein Verhältnis begonnen hatte. Insofern war diese ganze Fahrt hierher, wie er gestern im Auto hatte denken müssen, doch total besetzt. Nicht im Entferntesten hatte er damit gerechnet und es noch weniger gehofft, dass Günter Greilach diesen dummen Brief tatsächlich beantworten würde. Aber seine Antwort, dass er ihn mit Spannung und dem dazugehörigen Ernst erwarte und der Besucher seine Ankunft nur kurzfristig anzukündigen brauche, da er seinerseits so in seine Arbeit vertieft sei, dass auf unabsehbare Zeit weder ans Reisen noch daran, überhaupt einmal das Haus zu verlassen, zu denken wäre, traf nur wenige Tage später bei ihnen ein, woraufhin seine Mutter, nachdem sie eigenmächtig einen Termin festgesetzt hatte, gleich eine Postkarte in seinem Namen zurückschrieb, dass er am Soundsovielten kommen würde.

Er drückte die Zigarette aus und lehnte sich zurück. Allein, immer wieder Ausflüchte gegenüber seiner Mutter zu finden, um die Termine, die sie in den letzten zwei Jahren fortlaufend für ihn bei Günter Greilach festgelegt hatte, abzusagen, hatte schon eine ungeheure Kraft gekostet. Gerade im ersten Jahr in Berlin, in dem es ihm so schlecht gegangen war, hatten diese Termine immerzu dunkel und bedrohlich unter der Zimmerdecke gehangen. Egal, wohin er mit dem Zeichenblock in der Wohnung flüchtete, stets waren sie ihm gefolgt. Selbst auf der Straße fühlte er bald diese Unfreiheit, und wenn er dann doch einmal mit jemandem per Zufall ins Gespräch kam, glaubte er sich von seinem Gegenüber sogleich in seiner kompletten Lächerlichkeit durchschaut. Auch die Stimme seiner Mutter war irgendwann bedenklich sorgenvoll geworden, wenn sie ihn einmal am Telefon erreichte. Trotzdem waren es nie ihre Worte, mit denen sie zu ihm sprach, sondern, wie er immer sofort heraushörte, die seines früheren Kunstlehrers, zu dem er bereits vor dem Umzug nach Berlin keinerlei Kontakt mehr hatte haben wollen.

Er rieb sich über die Stirn. Diese Sätze, mit denen sie ihm Mut zusprechen wollte, etwa, dass zu jedem Schaffensprozess Geduld gehöre oder dass ein so veranlagter Mensch wie er eben etwas länger brauche, sich in einer neuen Umgebung einzuleben, weil er sie mit größerer Intensität wahrnehme, wären seiner Mutter doch nie in den Sinn gekommen. Sogar durch das Telefon spürte er, wie fremd ihr diese Sätze waren, und erst, wenn ihr Ton dann plötzlich umschlug und sie zum Beispiel sagte, er solle sich mal vor Augen führen, wie glücklich er sich schätzen könne, eine Mutter zu haben, die sich wünsche, dass er sich seine Träume erfülle und Künstler werde, erkannte er sie wieder. Es war ihm ja auch, wie er gestern ebenfalls auf der langen Fahrt hatte denken müssen, schon seit Langem bewusst, dass sie von der Idee, er sei zu so etwas wie einem Künstlerdasein berufen, auch deshalb nicht ablassen konnte, um diesem Schritt, mit dem sie sich von ihrem vorherigen Leben gelöst hatte, einen höheren Sinn zu verleihen. Es war ihm doch klar, wie schlecht es ihr in Wahrheit in diesem Haus ging, in dem sie, obwohl jetzt längst von ihm getrennt, noch immer mit seinem Vater zusammenlebte, und wie die Nachbarn sie schnitten und nur noch aus der Ferne angafften, konnte er sich auch vorstellen. Er wusste nicht einmal, ob sie überhaupt noch mit seinem früheren Kunstlehrer zusammen war. Wahrscheinlich war doch ihr Leben gerade genauso einsam und isoliert, wie es auch seines im ersten Jahr in Berlin gewesen war, und wahrscheinlich kreisten auch ihre Gedanken ebenso geschlossen um sich selbst, wie es seine Gedanken getan hatten. Wenn sie das Telefonat wieder beendet hatten, machte er sich jetzt regelrecht Sorgen um seine Mutter. Nicht einmal in den Sportverein ging sie mehr, und das Einzige, was sie noch aufzumuntern schien, war, wenn sie miteinander telefonierten. Er hatte ihr auch nie verschwiegen, dass er jetzt, seit vielen Monaten schon, sehr viel Zeit in dem Sprachcafé mit den Geflüchteten verbrachte, und dass es ihm seitdem sehr viel besser ging, musste sie doch allein seiner Stimme angehört haben. Sie fand es ja auch richtig und notwendig, dass er sich dort engagierte. Wenn er ihr aber nur ein bisschen mehr davon erzählte, von dem Kind, das Omar und seine Frau erwarteten, von dem Anwalt, dessen Arm von einem Scharfschützen abgeschossen worden war, von den gemeinsamen Essen und Festen, die sie dort veranstalteten, dann spürte er durch das Telefon hindurch, wie unwillig sie ihm eigentlich zuhörte, und das Einzige, was ihr dann einfiel, war, dass er über alldem nicht vergessen dürfe, sein eigentliches Ziel im Auge zu behalten. Auch als Humam vor einem halben Jahr zu ihm gezogen war, hatte ihr Kommentar nur darin bestanden, zu fragen, ob er denn noch genug Platz zum Arbeiten habe. Wie hätte er ihr da erzählen sollen, dass er, außer wenn er mit ihr telefonierte, überhaupt nicht mehr an seine Mappe dachte, dass sie unter seinem Bett längst Staub angesetzt hatte und dass dieser Schritt, sie dort hingeschoben zu haben, vermutlich bis jetzt der beste und wichtigste in seinem ganzen Leben gewesen war?

Er griff nach seinem Tabakbeutel. Völlig aus der Bahn hatte ihn diese Einsamkeit geworfen, der er sich in seinem ersten Jahr in Berlin ausgeliefert gesehen hatte. Sein Leben hatte fast stillgestanden. Nur hatte er das erst im Nachhinein begriffen. Es gab damals auch nieman-

den, mit dem er darüber hätte sprechen können. Oder
hätte er etwa seiner Mutter von der Mutlosigkeit erzählen sollen, die ihn schon überkam, wenn er nur an die
Mappe dachte? Hätte er ihr von den vielen Tagen erzählen sollen, die er ausschließlich im Bett verbrachte,
weil er nicht mehr die Kraft zum Aufstehen fand, von
der Hand, die vor Verunsicherung zu zittern begann,
nur, weil sie den Bleistift hielt? Oder vielleicht von der
Wut, der Trauer und der Verzweiflung, die sich seiner
zunehmend bemächtigten, wenn er hektisch in seinen
Zeichnungen blätterte, die ihm von Tag zu Tag, Woche
zu Woche und Monat zu Monat immer unbeholfener
und nichtssagender erschienen? All das hätte sie niemals
hören wollen. Seiner Mutter ging es doch nur um ihr eigenes Glück. Solange er sie mit den gewünschten Lügen
versorgte, war es ihr völlig egal, wie er sich in Wahrheit
fühlte. Sie hätte ihn doch gar nicht verstehen wollen,
wenn er ihr erzählt hätte, wie reich sein Leben seit diesem Abend geworden war, an dem er, wie durch einen
Wink des Himmels, von Omar vor dem Sprachcafé nach
Feuer gefragt wurde und ihm dann, nachdem sie beide
eine Zigarette geraucht hatten, in das Innere gefolgt war.
Gleich am nächsten Tag war er wiedergekommen, und
da hatte er dann auch schon in der Küche geholfen. Seiner Mutter hatte er nur berichtet, dass er jetzt ab und an
in ein Sprachcafé ginge, um dort die Gesichter der Geflüchteten zu studieren, weil er sie später zeichnen wolle.
Aber er hatte nie ein einziges gezeichnet, und es war

ihm von Anfang an bloß darum gegangen, die Menschen hinter diesen Gesichtern kennenzulernen. In ihren Hoffnungen und Sehnsüchten hatte er sein eigenes Leben wiedergefunden. Nur durch diese Begegnungen war es ihm gelungen, wieder Vertrauen zu sich zu fassen. Wenn sie dort, an einem dieser schlichten Tische, gemeinsam lachten, fühlte er, wie die Geborgenheit, die er in diesem Kreis empfand und der diese Menschen hier in der Fremde so dringend bedurften, von ihm auf sie überging und auf diese Weise auch wieder zu ihm zurückgesandt wurde, so als läge über ihnen allen eine schützende Hand. Und manchmal wünschte er sich dann sogar, seine Mutter könnte ihn dort in diesen Momenten sehen und sie könnte selbst fühlen, wie glücklich er gerade war. Dieses Sprachcafé war genau der Ort, nach dem er gesucht hatte. Hier hatte er zum ersten Mal erfahren, was sein Herz berührte und was ihm wichtig war. Seitdem konnte er überhaupt erst damit beginnen, darüber nachzudenken, was er später einmal machen würde. Ein Leben nur für die Kunst und womöglich noch in dieser Abgeschiedenheit, in der die Greilachs hier lebten, würde bestimmt nicht dazugehören. Er hatte ja auch ganz neue Seiten an sich entdeckt. Allein, wie er Humam immer die Verben, die dieser nicht kannte, vorspielte, wies auf ein gewisses schauspielerisches Talent hin. Er konnte sich jetzt sogar vorstellen, etwas mit Theater zu machen, aber auch die Arbeit als Sprachlehrer war eine Option, die er mittlerweile nicht mehr ausschloss. Vielleicht lief auch alles darauf hinaus, irgendwann einmal Malkurse zu geben, und auch die Arbeit mit Behinderten interessierte ihn. Durch die Mitarbeit im Sprachcafé erschlossen sich ihm fast täglich neue Möglichkeiten. Eine ganz neue Welt war das. Wie hätte er in der Kleinstadt, in der er aufgewachsen war, jemals auf diese Möglichkeiten stoßen sollen, und eigentlich müsste das auch seine Mutter verstehen. Nie hatte sie ein Geheimnis daraus gemacht, wie sehr sie ihr gleichförmiges Leben in der Provinz verdross. Anders als sein Vater, der sich seit Ewigkeiten vollständig in seinen Gewohnheiten eingerichtet hatte, war seine Mutter immer eine aufgeschlossene und abenteuerlustige Frau geblieben. Fast grenzte es an ein Wunder, wie sie sich in dieser Kleinstadt, in der sie sich nie wohlgefühlt hatte, ihre Neugierde über so viele Jahre hatte bewahren können, und vielleicht lag es jetzt an ihm, ihr den Mut, der sie gerade zu verlassen schien, zurückzugeben.

Er zündete sich eine Zigarette an, lehnte sich zurück, nahm einen tiefen Zug und beugte sich wieder vor. Er musste unbedingt mit seiner Mutter sprechen. Statt hierher hätte er besser gleich zu ihr fahren sollen. Es gab wirklich nichts, wofür er sich zu schämen brauchte. Schon viel früher hätte er zu ihr fahren müssen. Vielleicht hätte sie sogar Lust, wenn er von hier aus zu ihr fuhr, ihn gleich mit zurück nach Berlin zu begleiten? So könnte er ihr endlich das Sprachcafé zeigen. Im Grunde war dieser Ort nämlich wie für seine Mutter gemacht.

Wahrscheinlich würde sie dort genauso aufblühen wie er. Es lag doch in ihrer Natur, ungezwungen auf Menschen zuzugehen, und auch Humam würde sich bestimmt freuen, sie kennenzulernen. Schon oft hatte er ihm von ihr erzählt. Selbstverständlich hatte er dabei verschwiegen, dass sie ein Verhältnis mit seinem ehemaligen Kunstlehrer begonnen hatte. Aber auch das würde er jetzt nicht mehr geheim halten. Er wusste ja, dass seine Mutter deshalb noch keine Schlampe war, und auch Humam würde das irgendwann lernen. Die Zeiten, dass er vor solchen Auseinandersetzungen mit Humam zurückscheute, waren längst vorbei. Gerade durch die Erfahrung ihres Zusammenlebens hatte er gelernt, dass man über alles sprechen musste, und deshalb würde er auch gleich zu Herrn Greilach hinaufgehen. Das würde doch allen den Druck nehmen. Vielleicht könnte er dann sogar noch einen Tag hierbleiben. Vielleicht könnte er die Greilachs sogar zum Dank abends in das kleine Bistro einladen, in dem er gestern nach dem Weg gefragt hatte, und ihnen anbieten, sie zu fahren. Schließlich hatte er noch im Bett beschlossen, heute auf keinen Fall wieder etwas trinken zu wollen.

Er drückte die Zigarette aus, atmete tief durch und sah sich um. Was sollte er Herrn Greilach eigentlich erzählen? Dass er nur aufgrund der Drohung seiner Mutter zu ihm gefahren war, war doch keine Geschichte, die diesen Mann interessieren würde. Dennoch musste er ihm irgendwie die Wahrheit sagen. Auf keinen Fall durfte er ihn im Glauben belassen, er säße an einer längeren Arbeit über sein Werk. Auch dass er nicht, wie es gestern vielleicht bei Herrn Greilach angekommen war, seit Jahren und das hauptsächlich im Internet über ihn recherchiere, musste er ihm in diesem Zusammenhang erklären. Dass er nicht ganz derjenige war, den er erwartet hatte, hatte Herr Greilach vermutlich längst bemerkt, und deshalb konnte er sich jetzt erst recht erlauben, viel persönlicher mit ihm zu sprechen, als ihm das gestern nach dieser langen Fahrt gelungen war. Diese kleine Lithografie von Günter Greilach, die er seit seinem zwölften Lebensjahr besaß und die seitdem ständig an einem zentralen Platz in seinem Zimmer hing, hatte für ihn doch immer eine besondere Bedeutung besessen. Nicht nur Stunden, sondern ganze Tage waren es zusammengenommen, an denen er nichts anderes getan hatte, als auf dieses kleine Bild zu starren. Dieses kleine Bild hatte ihn erst dazu inspiriert, selbst zeichnen zu wollen. Das war zum Beispiel etwas, was er Herrn Greilach sagen könnte. Er könnte ihm sagen, wie wichtig und prägend diese Lithografie für sein bisheriges Leben gewesen war und dass er auch seinen Mitbewohner Humam schon ein paar Mal gedankenversunken in der Betrachtung dieser Grafik erlebt hatte. Er könnte ihm sagen, dass er, als er heute Morgen auch hier die kleine Lithografie an der Wand neben der Badezimmertür entdeckte, sich plötzlich wie zu Hause gefühlt hatte. Dass er diese kleine Lithografie, eine Jahresgabe irgendeines Kunstvereins, als Zwölfjähriger bei einer Tombola seines Sportclubs gewonnen hatte, musste er ihm ja nicht auch noch erzählen. Aber wenn Herr Greilach danach fragen würde, woher er das kleine Bild habe, gab es auch keinen Grund, ihm dies zu verschweigen. Bisher waren es immer die unvorhergesehenen Ereignisse gewesen, die ihn beeinflusst hatten. Auch in das Sprachcafé war er schließlich nur durch Zufall geraten. Gerade über diese Zufälle könnte er gleich mit Herrn Greilach sprechen, und vielleicht wäre es für ihn auch interessant zu erfragen, wie dieser eigentlich zur Kunst gekommen war. Das waren doch alles spannende Themen.

Er griff nach seinem Tabakbeutel und sah zur Treppe hin. Zuerst jedoch würde er Humam noch eine Nachricht schreiben müssen, denn falls er morgen tatsächlich zu seiner Mutter fahren würde, wäre er frühestens übermorgen wieder …

»Da sitzen Sie ja noch!«

Er horchte auf und wandte den Kopf herum, und da sich sein Blick jetzt mit dem von Frau Greilach traf, die von den Stufen her leise zu ihm gesprochen hatte, lächelte sie ihm zu.

»Ich will Sie gar nicht stören«, fuhr sie ebenso leise fort und beugte sich noch im Gehen zu ihm vor. »Ich wollte nur mal nach Ihnen sehen.« Am Platz ihres Mannes angekommen, umklammerte sie die Lehne des Sessels und ließ ihren Blick über den Tisch schweifen. »Sie haben wohl gar keinen Hunger«, flüsterte sie.

Er schüttelte den Kopf.

»Machen Sie sich deswegen keine Sorgen«, flüsterte sie jetzt zu ihm hinab und wies mit den Fingern auf ihre Brust, »mir geht das auch ganz häufig so, und mittlerweile esse ich dann auch nichts mehr. Irgendwann kehrt der Hunger schon von selbst zurück.« Sie lenkte ihren Blick zu seinem Telefon hin. »Haben Sie Ihrer Mutter schon zurückgeschrieben?«

»Noch nicht«, sagte er.

Sie legte den Finger auf die Lippen. »Psst!«, zischte sie und beugte sich noch ein Stückchen tiefer hinab, »wir wollen doch meinen Mann nicht stören. Er ist ohnehin schon nervös und ungehalten genug, weil er sein Atelier aufräumen muss. Das hat ihm nämlich noch nie Spaß gemacht. Aber vielleicht haben Sie ja Lust, mir in der Küche ein wenig Gesellschaft zu leisten. Ich habe uns frischen Kaffee gekocht.«

Er nickte ihr entgegen, verstaute Tabakbeutel und Telefon in der Bauchtasche seines Kapuzenpullovers, und während er behutsam seinen Stuhl zurücksetzte, wandte sie sich schon um und spürte, wie ihr Körper durch den Blick des jungen Mannes in ihrem Rücken sich wie von selbst straffte. Nicht umsonst hatte sie in den letzten Monaten wieder damit begonnen, sich gleich mehrmals täglich auch von hinten zu betrachten, denn gerade von hinten ließ sich ihr tatsächliches Alter noch weniger erahnen. Besonders jetzt, da sie die zwei Stufen hinabstieg, spürte sie diesen noch kecken Schwung in den Hüften. Es war ja mehr als geschickt, wie sie den jungen Doktoranden gerade aus dem Wohnzimmer entführt hatte, und mit einem neuerlichen Lächeln im Gesicht bog sie in die Küche ein und schloss hinter ihnen die Tür.

»Wo kann ich das hinstellen?«, fragte er und hielt ihr seinen Teller und das Brotkörbchen entgegen.

»Das wäre doch nicht nötig gewesen«, sagte sie. »Stellen Sie es einfach auf die Anrichte. Den Rest mache ich später. Ich räume nämlich den Tisch immer nur dann ab, wenn mir gerade danach ist.«

Er trat an ihr vorbei und setzte beides auf der Anrichte ab.

»Haben Sie eigentlich in der letzten Viertelstunde meinen Mann gesehen?«, fragte sie.

Er drehte sich zu ihr um. »Ihr Mann ist doch im Atelier.«

»Das kann man nie so genau vorhersehen«, sagte sie und sah am jungen Doktoranden vorbei. »Manchmal schleicht er sich auch schnell wieder hinaus. Dann baut er sich oben am Geländer auf und blickt still hinab. Selbst mir ist schon ein paar Mal der Schreck in die Glieder gefahren, wenn ich ihn plötzlich dort habe stehen sehen.«

Er holte kurz Luft. »Ich habe nicht darauf geachtet«, sagte er, »aber gesehen habe ich ihn nicht.«

Sie hob die Arme in die Luft. »Wie sollten Sie auch, er muss schließlich sein Atelier aufräumen. Wissen Sie«, fuhr sie fort und trat dabei einen Schritt auf ihn zu, »es ist ihm sehr wichtig, dass Sie später zu ihm hinaufkommen und dass auch sein Atelier einen guten Eindruck auf Sie macht. Er wirkt ja auf Fremde immer ein bisschen missmutig, und deshalb könnte man manches, was er sagt, auch als eine Unfreundlichkeit auslegen. Nur ist das meistens nicht so gemeint, und in Ihrem Fall schon gar nicht. Schon gestern Abend, als Sie mit dieser nassen Jacke ins Wohnzimmer traten, habe ich gleich bemerkt, wie angetan er von Ihnen ist, und heute Nacht bin ich sogar zwei Mal davon aufgewacht, dass er von Ihnen im Schlaf gesprochen hat. Mein Mann hält Sie nämlich für sehr tüchtig, und insbesondere das gestrige Gespräch mit Ihnen muss sehr anregend für ihn gewesen sein.« Sie sah zu dem jungen Mann hinauf. »Worum ging es da eigentlich?«

Mit leicht zittriger Hand fuhr er sich über die Stirn. »Ich kann es gar nicht so genau benennen«, sagte er und wich ihrem Blick aus, »ich glaube, wir haben über Kunst gesprochen.«

Sie trat einen Schritt zurück. »Wusste ich es doch«, sagte sie und klatschte in die Hände. »Warum auch hätte er ausgerechnet gestern über etwas anderes reden sollen? Er redet ja immer über Kunst, wenn er mal Gäste hat.« Sie sah wieder zu dem jungen Doktoranden hinauf. »Sie glauben gar nicht«, fuhr sie fort, »was wir hier früher manchmal für heftige Nächte deswegen hatten. Aber diese Zeiten sind ja zum Glück vorbei. Mein Mann hat auch gar nicht mehr die Kraft und den Willen dafür. Sie sollten allein mal sehen, wie umständlich er sich mittlerweile morgens beim Anziehen anstellt.« Sie senkte den Blick. »Es war doch alles gut zwischen Ihnen?«

Er nickte kurz. Dann griff er mit den Händen rückwärtig nach der Anrichte und hielt sich daran fest.

»Ich würde jetzt trotzdem gern zu ihm hinaufgehen«, sagte er, »es gibt da noch etwas, was ich ihm mitteilen muss.«

Sie schüttelte den Kopf. »Ich glaube nicht, dass er das jetzt wollen würde. Es ist ja sein Wunsch, Ihnen nachher ein aufgeräumtes und schönes Atelier zu präsentieren.«

Noch fester umklammerte er die Anrichte. »Es ist aber etwas Wichtiges«, beharrte er.

Sie lächelte ihm zu. »So wichtig kann es gar nicht sein«, sagte sie abwinkend. »Außerdem kommt er ja sowieso zum Mittagessen wieder herunter. Da kann man tatsächlich die Uhr nach stellen. Dabei bin ich mir jetzt gar nicht sicher«, fuhr sie fort und hob mit ausgestrecktem Zeigefinger den Arm in die Höhe, »ob er da oben überhaupt eine Uhr stehen hat. Bei ihm ist nämlich alles Gewohnheit, und wenn etwas diesen Gewohnheiten zuwiderläuft, dann will er das nicht wahrhaben. Es interessiert ihn einfach nicht. Dass er sich auf zwei Sachen gleichzeitig einlassen muss, kennt er sowieso nicht mehr. Dafür hätte er gar nicht mehr den Kopf. Ich erzähle Ihnen das nur deshalb, damit Sie ungefähr wissen, worauf Sie sich hier einstellen müssen. Aber das gilt natürlich nur für meinen Mann. Mit mir ist es viel einfacher. Ich gehe seit jeher viel offener und uneigennütziger auf Menschen zu als er, und deshalb können Sie mit mir nicht nur über alles reden, sondern mir können Sie auch alles anvertrauen.« Sie machte eine Pause und folgte dem Blick des jungen Mannes, der auf ihre Beine starrte. »Wollen wir uns nicht duzen?«, fragte sie dann und streckte ihm die Hand entgegen. »Ich bin Natascha.«

Mit einem Ruck löste er seine Rechte von der Anrichte und legte sie in ihre.

»Florian«, sagte er.

»Florian«, wiederholte sie, »Florian Sommer. Was für ein schöner Name. Da kann einem ganz warm bei werden.« Dann ließ sie seine Hand wieder los. »Wollen Sie sich nicht setzen, Florian?«, fragte sie und wies auf einen kleinen Hocker neben der Anrichte. »Sie dürfen auch ruhig rauchen«, fuhr sie fort und trat auch schon auf die Spüle zu, »das stört mich nicht. Mich stört überhaupt nichts, was Sie hier machen«, sagte sie jetzt, während sie mit einem Aschenbecher von dort zurückkehrte und ihn auf die Anrichte stellte.

Zaghaft ließ er sich auf dem niedrigen Hocker nieder, zog mit einer Bewegung Telefon und Tabakbeutel aus der Bauchtasche und legte das Telefon neben den Aschenbecher.

»Ein komisches Gerät«, sagte sie, da sie sich jetzt über das Telefon beugte. »Es hat ja nicht mal Tasten. Eigentlich ist es mehr wie ein Spiegel.«

Er öffnete seinen Tabakbeutel. »Die sehen heute alle so aus«, sprach er zum Boden hin.

»Das weiß ich doch«, sagte sie und stupste das Telefon vorsichtig mit dem Zeigefinger an, »aber ein komisches Gerät ist es trotzdem.« Sie richtete sich wieder auf. »Warum haben Sie eigentlich Ihrer Mutter noch nicht zurückgeschrieben, Florian?«

Er klappte seinen Tabakbeutel wieder zu, betrachtete das Zigarettenpapier im Licht und holte tief Luft. »Weißt du«, sagte er dann, »ich bin ja hauptsächlich überhaupt nur wegen meiner Mutter ...«

»O Gott!«, unterbrach sie ihn und klatschte sich mit beiden Händen an die Stirn, »jetzt hätte ich beinahe den Kaffee vergessen, den ich Ihnen versprochen hatte, Florian. Warte«, sagte sie, öffnete über sich eine Schranktür, entnahm ihr zwei Tassen und hielt sie ihm entgegen. »Heute trinken wir einfach mal aus diesen Tassen«, sagte sie, »haben die nicht ein schönes Rosenmuster?«

Für einen kurzen Moment sah er von seinem Tabakbeutel auf und nickte.

Sie hob die Tassen vor ihr Gesicht und wendete sie an den Henkeln vor ihren Augen hin und her.

»Ich habe sie von meiner Mutter geerbt«, sagte sie. »Es sind fast die einzigen Stücke, die sie mir hinterlassen hat, und immer, wenn ich sie aus dem Schrank nehme, bedauere ich, wie selten ich sie benutze. Aber erstens«, fuhr sie nach einem tiefen Atemzug fort, wobei sie die Hände sinken ließ und ins Leere schaute, »muss ich sie mit der Hand abspülen, und zweitens hasst mein Mann diese Tassen. Man kann ihm seinen Ärger und seine zunehmend schlechte Laune regelrecht ansehen, wenn sie mal auf dem Tisch stehen. Er sagt, sie seien ihm zu lieblich. Aber das ist nicht der wahre Grund. Der wahre Grund besteht nämlich darin, dass er auf alles eifersüchtig ist, was mir gefällt.« Sie seufzte kurz auf, trat zum Kühlschrank und stellte die beiden Tassen neben der Kaffeemaschine ab. »Können Sie sich das vorstellen?«, wandte sie sich wieder zu ihm um und sah, wie er eine Zigarette zwischen den Fingern rollte. »Er war früher sogar auf meine Mutter eifersüchtig, wenn sie uns hier besuchte. Dabei hatte er ein ganz falsches Bild von ihr. Er hat in ihr nämlich immer nur die alte und bescheidene Frau gesehen, die sich am Frühstückstisch die Marmelade so dünn auf das Brot strich, dass sie fast vollständig in den Poren verschwand. Dass sie mit dieser zur Schau gestellten Genügsamkeit, mit ihrer Uneitelkeit und ihrer scheinbaren Unterwürfigkeit mir jedoch immerzu etwas vorleben wollte, das wiederum hat er nie begriffen. Dafür war er immer zu weit weg. Dieses Atelier, in dem er sich schon mehr als sein halbes Leben über abschottet, ist eine ganz eigene Welt, und deshalb hat er sich nie bemüht, zu verstehen, warum es mich gekränkt hat, wenn meine Mutter bei ihren regelmäßigen Besuchen zuerst alle Gläser ins Licht hielt, um zu sehen, ob sie auch ordentlich glänzen, oder dass sie heimlich alle Schränke öffnete, nur, um die von mir gefaltete Wäsche zu inspizieren. Schauen Sie mal, Florian«, sagte sie jetzt und fuhr, als er seinen Blick anhob, derart mit dem Mittelfinger über die Kühlschranktür, dass es quietschte, »so hat sie jede von mir gereinigte Fläche noch mal geprüft. Dabei hat sie sich am Ende selbst gar nicht mehr gewaschen, und ich habe manchmal tagelang lüften müssen, bis ich ihren süßlich-muffigen Geruch wieder aus den Räumen vertrieben hatte.« Sie machte eine Pause, blickte auf die Kaffeemaschine und legte ihre Hand um den Henkel. »Trotzdem habe ich meine Mutter natürlich geliebt«, sagte sie und ließ den Henkel wieder los. »Das ist mir auch nie schwergefallen. Im Grunde war sie auch ein herzensguter Mensch. Immer hat sie sich nach besten Kräften um mich gekümmert, und sogar noch heute, wenn ich im Bett liege, wünsche ich mir manchmal, sie würde die Tür öffnen und mit ihren lieben Augen nach mir sehen, so wie sie es jeden Abend getan hat, als ich ein Kind war.« Mit Schwung drehte sie sich um. »Möchten Sie mal ein Foto von meiner Mutter sehen?«

Indem er den Kopf zu ihr hob, stoppte er die Bewegung, mit der er gerade einen erneuten Zug von seiner Zigarette hatte nehmen wollen. »Warum nicht?«, sagte er.

»Es ist aber im Schlafzimmer«, sagte sie und lenkte ihren Blick auf die Hand des jungen Mannes, »besser, Sie machen die Zigarette aus. Oder wollen Sie die ganze Zigarette vorher noch zu Ende rauchen?«

Er schüttelte den Kopf, nahm im Aufstehen noch einen schnellen Zug und drückte die Zigarette im Aschenbecher aus.

»Wir müssen nur ein bisschen leise sein«, sagte sie und setzte sich in Bewegung. »Wissen Sie«, sprach sie, da ihre Hand die Klinke bereits umfasste, zur Tür hin, »mein Mann achtet von da oben, auch wenn es keinen ersichtlichen Grund dafür gibt, auf jedes Geräusch. Genauso gut könnte es ihn eigentlich erfreuen, dass ich Sie durch unser Haus führe. Es ist doch vor allem in seinem Interesse, dass Sie sich hier in der nächsten Zeit leicht zurechtfinden.« Dann drückte sie die Klinke und winkte den jungen Doktoranden hinter sich her. »Das Badezimmer hier kennen Sie ja schon längst«, zischte sie mit schiefem Mund über die Schulter und stieg die beiden Stufen hinauf. Im Wohnzimmer verlangsamte sie ihren Schritt, blieb nach einigen Metern stehen und drehte sich, indem sie mit ausladender Geste zu den Wänden hinwies, zu dem jungen Mann um. »Schauen Sie doch mal«, flüsterte sie, »all diese vielen Bilder hier. Das muss ja wie ein Paradiesgarten für Sie sein. Was Sie da alles zu schreiben haben, Florian.«

Er schluckte.

»Wie bitte?«, fragte sie und näherte ihr Ohr seinem Mund.

Er wich ein wenig zurück. »Es sind wirklich sehr viele«, flüsterte er.

Sie nickte. »Da haben Sie recht«, flüsterte sie und schaute noch einmal die Wände entlang. »Mir selbst fällt es meist gar nicht mehr auf, wie viele es sind, so sehr habe ich mich in all den Jahren an sie gewöhnt.« Dann drehte sie sich wieder um. »Dort oben wohnen Sie«, hauchte sie mit einem Lächeln im Gesicht zu ihm hin, als sie an der Treppe vorbeikamen.

Nach rechts bog sie in den kleinen Raum, öffnete die Tür zum Schlafzimmer und riss eine Hand vor ihren offenen Mund. »Ach herrje«, sagte sie, »jetzt habe ich ganz vergessen, das Bett zu machen. Warten Sie hier. Das ist ja wirklich ein Ding«, fuhr sie fort, während sie an ihre Schlafseite vortrat und über das Bett hinweg-schaute, »ich weiß gar nicht, wann mir das zum letzten Mal passiert ist. Normalerweise mache ich das Bett immer gleich nach dem Frühstück, aber ich habe eben noch gar nichts gegessen.« Sie bückte sich, griff nach ihrer Bettdecke und warf sie auf die Seite ihres Mannes. »Ist ja auch egal«, seufzte sie auf, ließ sich auf die Ma-tratze nieder, begann, das Laken neben sich glatt zu streichen, und sah zu dem jungen Mann hin. »Kommen Sie doch«, sagte sie.

Zögerlich trat er über die Schwelle, zog die Tür hinter sich zu und ließ sich neben sie auf die Matratze sinken.

»Machen Sie eigentlich jeden Morgen Ihr Bett?«

»Nicht immer«, antwortete er, ohne den Blick von der vollgehängten Kleiderstange zu lösen.

Sie folgte seinen Augen. »Ich zweifele auch manch-mal daran, ob das überhaupt notwendig ist.«

»Wollten Sie mir nicht ein Bild Ihrer Mutter zeigen?«

Sie beugte sich zur Seite, griff nach einer gerahmten Fotografie hinter einem bunten Holzkästchen auf ihrem Nachttisch und reichte sie ihm.

Für eine Weile sah er in das weder junge noch alte Gesicht einer Frau, die ihm frontal in Schwarz-Weiß entgegenblickte, und gab ihr die Fotografie dann zurück.

»Finden Sie eigentlich, dass sie mir ähnlich sieht?«, fragte sie, indem sie jetzt selbst das Bild betrachtete.

»Doch«, sagte er.

Sie lachte kurz auf und streckte die Hand mit dem Rahmen von sich weg. »Ich finde, eigentlich nicht«, sagte sie dann, beugte sich wieder zur Seite, um das Bild an seinen Platz zurückzustellen, und wandte sich wieder zu dem jungen Doktoranden um. »Erzählen Sie jetzt einmal ein bisschen von sich«, sagte sie. »Spricht man denn viel von meinem Mann an der Universität?«

Er senkte den Kopf und schaute auf seine Hände hinab. »Wissen Sie«, sagte er und machte eine Pause, »ich …«

»Duzen wir uns nicht, Florian?«, unterbrach sie ihn.

Mit einem Ruck hob er den Kopf. »… Ich bin gar nicht an der Universität«, sagte er.

»Oh, das hatte ich ganz vergessen. Du bist mit dem Studium ja schon fertig. Das hat mir mein Mann vor einiger Zeit alles erklärt. Du bist bereits Wissenschaftler.«

Er drehte sein Gesicht von ihr weg. »Ich bin überhaupt kein Wissenschaftler, und ich habe auch gar nicht studiert.«

Sie musterte ihn von der Seite. »Dann sind Sie also einfach so ein Doktorand«, sagte sie.

»Das ist ja gerade das Problem«, sagte er, »Ihr Mann hat da womöglich etwas falsch verstanden.«

Sie kniff die Augen zusammen. »Ich verstehe nicht, wovon Sie reden. Mein Mann ist bei allem, was er tut und denkt, sehr genau. Das ist Ihnen vermutlich selbst schon aufgefallen.« Mit der Hand umschloss sie das Amulett ihrer Halskette und rückte von dem jungen Doktoranden ab. »Was wollen Sie eigentlich von uns?«, fragte sie.

»Das weiß ich doch selbst gar nicht«, sagte er und hob die Hände in die Luft, »ich bin einfach nur ein Be-wunderer. Wegen der Kunst Ihres Mannes hatte ich mir sogar mal überlegt, selbst Künstler zu werden, aber auch das will ich jetzt nicht mehr, und deshalb wusste ich auch von Anfang an, dass es ein Fehler war, zu Ih-nen rauszukommen. Sie glauben gar nicht, wie schreck-lich leid mir das tut. Es gibt auch wirklich keinen Grund«, fuhr er fort und erhob sich dabei, »weshalb ich Sie und Ihren Mann noch weiter belästigen sollte. Grü-ßen Sie ihn bitte ganz herzlich von mir, und sagen Sie ihm, dass er mir nicht böse sein soll, nur, weil es sich unglücklicherweise so ergeben hat, dass ich jetzt schon fahren muss.«

Sie griff nach dem Ärmel seines Kapuzenpullovers. »Sie können jetzt unmöglich fahren, Florian«, sagte sie und zog den jungen Doktoranden wieder zu sich auf die

Matratze hinab. »Das kann ich nicht zulassen. Sie haben noch nicht mal was gegessen.«

Sie ließ den Kopf hängen und holte tief Luft.

»Was ist das nur für eine Geschichte?«, sprach sie. »Wie soll man denn das jemandem erklären?«, fuhr sie fort und wandte sich wieder dem jungen Doktoranden zu. »Dann sind die Postkarten gar nicht von Ihnen oder etwa doch?«

»Ich glaube schon«, antwortete er leise.

Sie drückte sich von der Matratze hoch und trat auf die Kleiderstange zu. »Das darf niemand erfahren«, sagte sie, »und erst recht nicht mein Mann. Es muss unbedingt unser Geheimnis bleiben, Florian. Ich werde das alles geregelt bekommen. Schließlich ist das nicht die erste schwierige Situation, vor der ich stehe.« Mit einem langen, vorsichtigen Schritt trat sie zur Tür, öffnete sie, spähte hinaus, schloss sie dann wieder und drehte sich zu dem jungen Mann um, der, die Hände in seiner Bauchtasche vergraben, auf die Kleiderstange starrte. »Wir müssen ein bisschen auf der Hut sein«, sagte sie. »Er lauscht nämlich manchmal.«

»Glauben Sie nicht doch, dass es besser ist, wenn ich jetzt einfach fahre?«

»Auf keinen Fall«, vernahm er ihre Stimme. »Wie lange hatten Sie denn eigentlich vor zu bleiben?«

»Bis morgen«, antwortete er.

»Bis morgen«, murmelte sie für sich und fuhr sich mit gespreizten Fingern durch die Haare. »Bis morgen«, wiederholte sie noch einmal und beugte sich dem jungen Mann entgegen. »Warum denn nur bis morgen? Bis morgen, das ist doch viel zu kurz. Sie glauben gar nicht, wie sehr mein Mann es genießt, dass Sie endlich hier sind. Allein, wie munter er sich heute aus dem Bett erhoben hat und wie mühelos er in seine Hose geschlüpft ist, so habe ich ihn schon lange nicht mehr erlebt. ›Was ist denn mit dir los?‹, habe ich ihn noch gefragt. ›Nichts‹, hat er geantwortet, aber dahinter war sein Strahlen nicht zu übersehen. ›Hast du diese gute Laune etwa wegen unseres Gastes?‹, habe ich ihn gefragt, aber wieder hat er nicht geantwortet. Erst kurz bevor er den Raum verließ, hat er mir auf einmal in die Augen gesehen. ›Natascha‹, hat er gesagt, ›das wird eine schöne Zeit werden. Denk dir ein paar schmackhafte Gerichte für unseren Gast aus, denn er hat hier viel zu tun und wird bestimmt für eine Weile bei uns bleiben.‹«

Florian schaute zu ihr auf. »Aber das ist doch falsch.«

»Was ist daran denn falsch?«, sagte sie und ließ sich wieder neben ihm auf der Matratze nieder. »Jetzt sind Sie doch hier. Heute oder morgen gleich wieder zu fahren, das dürfen Sie meinem Mann wirklich nicht antun. Wenn Sie wie ich erlebt hätten, wie er schon nach Ihrem ersten Brief aufgeblüht ist und mit welcher Ungeduld er die Tage, für die Sie sich angekündigt hatten, am Fenster verlebt hat, würden Sie jetzt gar nicht auf diese Idee kommen. Überhaupt nur seine Aufmerksamkeit zu gewinnen, war in den letzten zwei Jahren fast unmöglich, weil er in Gedanken schon ganz mit Ihrem Besuch beschäftigt war. Selbst fernsehen konnten wir kaum noch in Ruhe zusammen. Immer wieder sprang er auf und zeigte auf eine gerade auf dem Bildschirm vorbeihuschende Person. ›So stelle ich ihn mir vor, unseren jungen Doktoranden‹, sagte er dann, und anstatt den Film weiterzuverfolgen, ließ er sich mit geschlossenen Augen in seinen Sessel zurückfallen, und seine Lippen formten die Worte, die er in Gedanken bereits zu Ihnen sprach.«

»Nein«, sagte er und wies mit beiden Händen auf seine Brust. »Es war doch nicht ich, zu dem er gesprochen hat. Nur zu diesem dummen Brief hat er gesprochen, den er in meinem Namen bekommen hat. Vielleicht können Sie mir sogar helfen, ihm das zu erklären, Natascha. Es ist ja auch überhaupt nicht seine Schuld, dass er diese Erwartungen an mich hat.«

Sie sah ihm in die Augen. »Ich weiß gar nicht, was für Erwartungen er an Sie hat, Florian.«

»Natürlich wissen Sie das«, sagte er und sah auf seine geballten Fäuste. »Es geht Ihrem Mann doch immer nur um diese Arbeit, die ich angeblich über ihn schreibe.«

Sie rückte ein Stückchen näher an ihn heran. »Ach Florian«, sagte sie, »das mit dieser Arbeit kriegen wir schon hin. Die dürfen wir nicht zu wichtig nehmen. Mein Mann liest ja ohnehin kaum mehr was, und wenn er dann doch mal etwas liest und man fragt ihn, was, weiß er es oft schon nicht mehr. Insofern«, fuhr sie fort und legte ihre Hand auf seine, »kann es ihm eigentlich auch gar nicht wichtig sein, was in dieser Arbeit steht. Wichtig ist ihm vermutlich nur, dass es wie eine Arbeit aussieht, aber bestimmt genügt es ihm auch, wenn er Sie nur hin und wieder dabei betrachten darf, wie Sie mit einem Block in der Hand zu einem seiner Bilder vortreten und schwungvoll einen Stift über das Papier gleiten lassen.«

Er zog seine Hand unter ihrer hervor. »Ich kann Ihrem Mann doch nichts vorlügen«, sagte er.

Sie zog die Stirn kraus. »Das verlangt auch niemand von Ihnen«, sagte sie. »Sie nehmen das alles viel zu ernst, Florian. Die Wahrheit würde er gar nicht wissen wollen. Ihm geht es doch nur darum, dass endlich mal wieder jemand auf seine Bilder schaut und ihm sagt, wie schön er sie findet.«

»Aber das habe ich gestern Nacht alles schon getan.«

Sie klopfte ihm anerkennend auf den Oberschenkel. »Das haben Sie wirklich gut gemacht, Florian«, sagte sie. »Sie haben ihn ja auch ganz und gar für sich eingenommen. Wenn Sie, wie ich, wüssten, wie streng er sonst mit anderen Menschen ist … erst dann könnten auch Sie erahnen, was Sie da gestern Großartiges geleistet haben. Ihre Worte haben ihn nicht nur in seinem Tun bestätigt, sondern ihm gleichzeitig auch noch Mut und Kraft für Neues eingehaucht. Nie habe ich ihn in all den Jahren von einem Tag auf den anderen so von Grund auf gewandelt erlebt. Umso größer aber wäre natürlich auch seine Enttäuschung, wenn er erfahren müsste, dass

Sie gar nicht planen, eine Arbeit über ihn zu schreiben, und deshalb auch schon morgen, womöglich in aller Frühe, gleich wieder abreisen wollen.« Sie holte tief Luft und lenkte ihren Blick zur Kleiderstange hin. »Nein«, sagte sie kopfschüttelnd, »das hätte er tatsächlich nicht verdient. Gerade weil er so begeistert von Ihnen ist, wäre das eine Katastrophe für ihn, die ich ganz allein hier auffangen müsste.« Sie seufzte auf. »Wenn es wenigstens möglich wäre«, sprach sie jetzt, »meinen Mann abzulenken oder ihm eine Freude zu machen, ihm zum Beispiel eine Reise zu schenken, aber es gibt ja nur drei Dinge, die ihm in seinem Leben wichtig sind: Das erste ist natürlich seine Kunst, das zweite bin ich, und das dritte sind seit gestern Sie, Florian.«

Sie drehte ihren Oberkörper wieder zu Florian hin, der den Kopf gesenkt hielt und auf seine Knie starrte. »Ich will Ihnen damit gar keine Angst machen«, fuhr sie fort, »alles, was ich möchte, ist, dass Sie sich überlegen, ob Sie nicht doch noch ein paar Tage länger bei uns bleiben wollen. Sie werden dann ja selbst erleben, wie schön wir es uns hier machen können.«

Er rührte sich nicht und fühlte der Wärme ihrer Hand nach, die sich auf seinen Oberschenkel gelegt hatte.

»Wissen Sie«, vernahm er nach einer längeren Pause ihre Stimme und spürte die Hand verschwinden, »das letzte Mal, als mein Mann sich auf einen Besuch gefreut hat, erschien hier so ein richtiger Schnösel, der jetzt das

Museum leitet, in dem mein Mann zu seinem runden Geburtstag mit einer großen Ausstellung gefeiert werden sollte. Das war vorher alles zwischen ihm und Herrn Rüdiger bis ins Detail vereinbart worden, aber natürlich, wie immer zwischen den beiden, nur per Handschlag. Es konnte ja auch niemand mit diesem Schlaganfall rechnen, und auf der Beerdigung von Herrn Rüdiger kam dann dieser Schnösel, der neue Leiter, auf uns zu und sagte, dass er selbstverständlich von den Plänen wisse und bald bei uns vorbeikommen wolle. Nur brauchte das viel länger, als wir dachten, und als er endlich kam, hat er sich kaum für die Bilder interessiert, und wenn er dann doch mal eins aus nächster Nähe zu betrachten schien und mein Mann gerade dazu anheben wollte, ihm etwas dazu zu sagen, ist er sofort zum nächsten gewechselt oder hat auf sein Telefon gestarrt. Er hatte nämlich genau so ein Telefon wie Sie, Florian. Aber von meinem Gulasch hat er nur wie ein Spatz gegessen, und immer wieder hat sein Telefon geklingelt, und dann ist er aufgesprungen, und die ganze Zeit über lief er beim Sprechen mit schnellen Schritten hin und her und hat sich dabei mit der freien Hand seine schon lockigen Haare gezwirbelt, und überall im Wohnzimmer und im Flur lagen bald so wurmartige Erdklümpchen herum, weil er wohl glaubte, für diese Reise solche massiven Schuhe mit dicken Profilsohlen anziehen zu müssen, über denen sich seine engen Hosenbeine auf eine ganz dumm aussehende Weise aufstockten. Und nach kaum einer Stunde hat er dann auch schon gesagt, er müsse nun schnell wieder los, weil noch ein sehr wichtiger Termin auf ihn warte, und dann hörten wir auch schon, wie er den Motor startete.«

Wieder vernahm er ihr Aufseufzen und spürte ihre Hand, die sich jetzt auf seinen Rücken gelegt hatte.

»Ich weiß auch nicht, warum ich Ihnen das erzähle, Florian«, hörte er sie fortfahren und merkte, wie sie sich vorbeugte, um ihm von der Seite ins Gesicht zu sehen. »Haben Sie denn so dringende Verpflichtungen, weshalb sie sofort zurückmüssen?«

Er zuckte mit den Schultern.

Sie nahm die Hand von seinem Rücken.

»Sie müssen doch wissen, ob jemand auf Sie wartet«, sagte sie.

Er hob den Kopf. »Mein Mitbewohner«, sagte er, »er hat in sieben Wochen seine abschließende Sprachprüfung, die ihn dann für ein Studium berechtigt. Wir müssen noch viele Vokabeln üben.«

»Was für eine Sprache lernt er denn?«

»Deutsch.«

Sie lachte kurz auf. »Das kann doch nicht so schwer sein!«

Er drehte das Gesicht zu ihr hin. »Es ist sogar sehr schwer. Er ist ein Geflüchteter.«

»Einer von denen, die mit diesen Booten kommen?«

Er nickte und schaute ihr in die Augen. »Sie haben doch nichts gegen Geflüchtete?«

»Ich?«, fragte sie zurück und lächelte ihn an. »Nein, überhaupt nicht. Warum sollte ich?«

Er holte tief Luft. »Dann denken Sie richtig«, sagte er. »Ich habe auch nur gefragt, weil man sich mittlerweile gar nicht mehr sicher sein kann, welche Meinung der Einzelne vertritt. Es ist ja nicht nur mein Mitbewohner, den ich unterstütze, sondern es gibt auch noch andere Geflüchtete, die in Berlin auf mich warten. Das ist auch ein Grund, weshalb ich nicht allzu lange bei Ihnen bleiben kann.«

»Sie müssen auch gar nicht allzu lange bleiben«, sagte sie und sah auf die Kleiderstange. »Vielleicht jetzt erst mal vier oder besser fünf Tage, und dann kommen Sie einfach wieder. Ich bin ebenfalls dafür, dass man diesen armen Menschen helfen muss. Das sage ich auch immer wieder zu meinem Mann. Diese Menschen«, fuhr sie fort und wandte sich wieder dem jungen Doktoranden zu, »sind Ihnen bestimmt unendlich dankbar, Florian.«

»Das weiß ich gar nicht«, sagte er, »und das interessiert mich auch nicht. Wir geben uns ja gegenseitig etwas, und die Bereicherung, die wir dadurch erfahren, findet zu gleichen Teilen auf beiden Seiten statt.«

»Wie schön Sie auf einmal sprechen, Florian«, sagte sie, »jetzt sind Sie endlich in Ihrem Ton.« Sie machte eine kleine Pause, schloss die Augen und öffnete sie sogleich wieder. »Bitte«, sagte sie, »fahren Sie fort. Was geben Sie sich denn gegenseitig?«

»Wir geben uns Geborgenheit in dieser schwierigen Welt«, sagte er und richtete sich auf, »und die gegenseitige Versicherung, dass wir einander, trotz aller kulturellen Unterschiede, schätzen und mögen. Der Mensch ist ein Wesen, das immer nach einem Weg für sich sucht, aber in Wahrheit ist es doch so, dass wir diese Wege eigentlich gemeinsam finden müssen. Ich selbst war zum Beispiel noch vor einem Jahr ganz unglücklich in Berlin, weil ich niemanden kannte und aus meinem Alleinsein nicht herauskam, und erst durch diese neuen Kontakte und insbesondere die Freundschaft zu meinem jetzigen Mitbewohner Humam habe ich in ein Leben zurückgefunden, dessen Sinn sich mir erschließt und an dem ich Freude habe.«

Sie sah auf ihre Hände hinab. »Das kenne ich«, sagte sie. »Ich bin auch nicht gern allein. Das Schlimme daran ist doch, dass man nicht gesehen wird. Aber jetzt werden Sie ja gesehen, Florian«, fuhr sie fort und sah zu dem jungen Mann hin, »jetzt sind Sie nicht mehr allein. Jetzt haben Sie ja einen Mitbewohner, jemanden, der immer um Sie herum ist, der Sie betrachtet und an den Sie sich jederzeit wenden können. Erzählen Sie mir von ihm, Florian. Er hat doch bestimmt auch viel Unglück erlebt.«

»Was soll ich Ihnen denn erzählen?«

»Sie können mir alles erzählen, Florian. Das müssen Sie entscheiden. Ich finde alles, was Sie von diesem Menschen zu berichten haben, spannend. Wo kommt er denn eigentlich her?«

Er kniff sich in die Lippe. »Er kommt aus Aleppo«, sagte er dann, »doch den größten Teil seiner Kindheit hat er in der Nähe von Aleppo in einem Dorf verbracht, das seinem Großvater gehörte. Die meiste Zeit hat er dort mit seinen Brüdern Vögel gefangen, die sich vor der Hitze in die zahlreichen Ställe geflüchtet hatten, aber ebenso oft haben sie sich einfach gelangweilt, und heute kann man dieses Dorf auch gar nicht mehr betreten, weil der IS es auf seinem Rückzug komplett vermint hat. Er hat auch gesehen, wie Menschen vor seinen Augen erschossen wurden, aber über solche Dinge sprechen wir eigentlich kaum. Bei uns geht es vielmehr um Alltägliches und Selbstverständliches. Zum Beispiel kann er nicht schwimmen.«

»Aber dafür kann er vielleicht reiten«, sagte sie. »Es wird doch bestimmt Pferde in diesem Dorf gegeben haben.«

»Das weiß ich nicht.«

»Das müssen Sie ihn unbedingt fragen, Florian. Er könnte sich dann vielleicht auch hier mal ein Pferd leihen. Ich wundere mich ja sowieso, warum Sie ihn nicht einfach mitgebracht haben. Die Vokabeln hätte ich doch, solange Sie bei meinem Mann oben sind, mit ihm in der Küche lernen können.«

»Aber er ist verpflichtet, jeden Tag in die Sprachschule zu gehen!«, rief er.

Sie lachte kurz auf. »Das kriegen wir auch hier hin. Kommen Sie«, fuhr sie fort, indem sie sich vom Bett hochdrückte und den jungen Mann hinter sich her zur Tür winkte. »Wir haben ja in der Küche noch unseren Kaffee. Bestimmt möchten Sie mir dabei noch mehr von ihm erzählen. Nur, jetzt müssen wir erst mal wieder ein bisschen leise sein.«

Er erhob sich, blieb kurz stehen, und indem er nun doch widerwillig ihr hinterher über die Schwelle trat, griff er nach der Tür, warf sie mit Wucht hinter sich zu und sah in ihr aufgebrachtes Gesicht, mit dem sie sich zu ihm hinwendete.

»Leise, Florian!«, zischte sie, ging mit einem Kopf-schütteln Richtung Wohnzimmer und hielt sich mit offen stehendem Mund am Türrahmen fest.

»Was machst du denn da?«, stieß sie erschrocken aus und spürte, wie ihr auf einmal der Atem fehlte.

»Ich sitze hier«, antwortete ihr Mann.

»Warum denn?«, hörte sie sich fragen und drückte sich vom Türrahmen ab. »Du kannst doch noch gar nicht fertig sein.«

»Womit?«

»Mit dem Aufräumen«, sagte sie. »Du machst doch bestimmt nur eine Pause.«

»Was für eine Pause?«, hörte sie ihn zurückfragen, während sie sich zu Florian umwandte, der, die Hände in seiner Bauchtasche, in der Mitte des kleinen Zimmers stand.

»Kommen Sie«, sagte sie, »mein Mann ist da. Be-stimmt freut er sich, wenn Sie ihm Gesellschaft leisten.

Wir können den Kaffee ja auch alle zusammen im Wohnzimmer trinken.«

Nein, dachte er und spürte, wie er sich ihr trotzdem mit steifen Beinen folgsam näherte.

»Sehen Sie, Florian«, flüsterte sie ihm vom Türrahmen entgegen, »so kann man überrascht werden. Aber wir müssen uns nicht fürchten. Wir haben ja nichts Schlimmes …«

»Wie bitte!«

Mit einem Ruck wandte sie ihren Kopf ins Wohnzimmer. »Nichts«, sagte sie, »ich habe unseren Gast nur gefragt, ob er Milch in den Kaffee haben möchte.«

»Milch?«, fragte ihr Mann, »die steht doch hier noch auf dem Tisch.«

»Wenn sie da schon steht, muss ich jetzt ja nur noch den Kaffee holen«, sagte sie und spürte, da sie auf den Tisch zutrat, die Schritte des jungen Doktoranden hinter sich.

»Ich hätte auch gern noch einen frischen Tee«, sagte ihr Mann, der ihr von seinem Sessel aus entgegensah und seine leere Tasse angehoben hatte, »und außerdem kannst du bei der Gelegenheit gleich mal gucken, ob wir noch genug für das Mittagessen haben. Vielleicht hast du ja sogar Lust, noch eine kleine Süßspeise für uns zu bereiten.«

Sie schüttelte den Kopf. »Das möchtest du doch sonst nie«, sagte sie. »Ich weiß gar nicht, ob wir dafür die Zutaten haben.«

»Dann musst du halt nachsehen«, sagte er, »wir müssen den Kaffee auch nicht sofort trinken, so sehr eilt es nicht.«

»Warum willst du denn entscheiden, wann wir den Kaffee trinken?«, fragte sie. »Ich glaube nämlich«, fuhr sie fort und wandte sich zu Florian um, der ihrem Blick aber auswich, »dass unser Gast schon jetzt gern eine frische Tasse Kaffee hätte.«

»Vielleicht ist es aber auch so«, sagte ihr Mann, »dass unser Gast sich erst einmal zu mir setzen möchte, und bestimmt wird das Leben nicht sinnloser dadurch, dass du jetzt erst mal deinen Aufgaben nachgehst.«

»Welchen Aufgaben denn?«

»Deinen Aufgaben halt«, presste Günter Greilach hervor.

Sie stemmte die Hände in die Hüften.

»Ich weiß nicht, ob du so mit mir sprechen musst«, sagte sie. »Ich bin doch nicht deine Magd. Ich muss mich hier nicht von dir vorführen lassen. Ich wäre doch die Letzte, die kein Verständnis dafür hätte, dass du mit unserem Gast für eine Weile allein sein möchtest, nur musst du das zu mir wie ein normaler Mensch sagen, denn wenn du zu mir wie zu einem normalen Menschen sprechen würdest, dann wäre es mir sogar sehr recht, wenn ich auch mal für eine gewisse Zeit meine Ruhe hätte. Ich komme hier ja zu gar nichts mehr. Nicht einmal dazu, mich zu duschen und frisch zu machen, bin ich heute Morgen gekommen.«

»Dann mach das einfach«, sagte er, »das ist sogar eine gute Idee.«

»Das werde ich auch«, sagte sie, »aber den Tee kannst du dir allein kochen. Ich mache ja nicht umsonst frischen Kaffee. Nur müsst ihr euch den selbst holen. Das könnt ihr von mir jetzt nicht mehr verlangen.«

»Das musst du wissen«, sagte er.

»Da musst du dir keine Sorgen machen, ob ich das weiß oder nicht. Mir ist es nämlich ganz egal, ob ihr den frischen Kaffee jetzt oder später trinkt. Ich jedenfalls freue mich auf meine Dusche, und mal wieder so eine Dusche«, fuhr sie fort, während sie sich schon in Richtung der zwei Stufen in Gang gesetzt hatte, »würde auch dir nicht schaden.«

Günter Greilach sah seiner Frau hinterher, bis sie die zwei Stufen hinabgestiegen war und geradeaus die Tür zum Badezimmer geöffnet hatte. Dann wandte er sich zu dem jungen Doktoranden um, der sein Telefon in Hüfthöhe hielt und auf das schwarze Display starrte.

»Setzen Sie sich zu mir«, sagte er und klopfte auf die Sitzfläche des Stuhls neben sich. »Wir wollen uns ein bisschen unterhalten.«

Ohne seinen Blick vom Telefon zu heben, trat der junge Doktorand auf den Tisch zu, setzte sich auf den angebotenen Stuhl, legte das Gerät vor sich ab und zog seinen Tabakbeutel aus der Bauchtasche hervor.

Günter Greilach öffnete die Blechdose, die vor ihm lag, und hielt sie dem jungen Doktoranden entgegen.

»Möchten Sie mal eins von meinen Zigarillos probieren?«, fragte er.

Florian klappte seinen Tabakbeutel auf. »Lieber nicht«, antwortete er.

»Jeder, wie er möchte«, sagte Günter Greilach, entnahm der Dose ein Zigarillo, hielt es sich, bevor er es anzündete, kurz unter die Nase und lehnte sich, tief inhalierend, in den Sessel zurück.

»Ich habe früher auch Zigaretten geraucht«, sagte er dann. »Ich habe sie sogar bevorzugt, weil sie leichter konsumierbar sind. Aber irgendwann hat sich das geändert. Ich kann gar nicht mehr festmachen, woran das eigentlich lag. Das Ganze«, fuhr er fort, indem er einen erneuten Zug nahm und sich aus dem Qualm gemächlich hervorbeugte, »ist eigentlich sowieso ein dummes Laster, nur bin ich mittlerweile zu betagt, mir das Rauchen noch abzugewöhnen. Wissen Sie«, fuhr er fort und sah zu dem jungen Doktoranden hin, der mit gesenktem Kopf an seiner Zigarette drehte, »ich habe ja bereits ein Alter erreicht, in dem man sich hin und wieder unweigerlich fragt, was eigentlich noch zu tun ist. Natürlich wäre es mir am liebsten, wenn ich noch Ewigkeiten so weitermachen könnte. Aber die Natur wird das vermutlich anders sehen. Dabei ist das Alter völlig zu Unrecht in Verruf. Vielleicht sind die Gedanken nicht mehr ganz so schnell und zahlreich, aber dafür ist der Boden, aus dem sie sprießen, reichlich gedüngt. Doch was soll's. Auch so gibt es genug, was ich hinterlasse. Das bezeugen ja allein schon die Bilder, die Sie hier sehen«, fuhr er fort und wies mit den Händen zu den Wänden, »und noch mehr werden es die Bilder bezeugen, die Sie hier noch zu sehen bekommen. Natürlich treibt es mich auch um, was mit ihnen geschieht, und manchmal und in letzter Zeit zunehmend häufig spüre ich, dass es die Bilder selbst sind, die mit Besorgnis in die Zukunft schauen. Sie sind ja gar nicht so still, wie sie scheinen, und nachts sitze ich hier oft noch stundenlang in der Dunkelheit und lausche ihnen nach. Unentwegt und unerschöpflich ist die Korrespondenz, in der sie sich untereinander befinden, und weit mehr als ihre Gesellschaft ist es ihre wahre Lebendigkeit, die ich spüre, und wenn das eine oder andere auch ein bisschen schwächelt und wie ein kleines Kind oder ein vergreister Mensch nur mühsam Atem holt, pulsiert dafür sein Nachbar nur umso mehr, und Hand in Hand und wie uralte Freunde sehe ich sie durch die Zeiten gehen, sehe, wie sie ihre Farben immer wieder neu mischen, wie sie mal das eine, dann wieder das andere Detail in den Vordergrund heben, wie sie sich der einen Generation argwöhnisch verschließen, nur, um sich der nächsten umso freudiger wieder zu öffnen.«

Günter Greilach wandte seinen Kopf zur Seite und blickte die Wand entlang.

»Aber dafür brauchen sie natürlich auch Unterstützung«, sagte er dann, erhob sich und trat mit langen Schritten auf die Wand zu. »Dafür brauchen sie«, fuhr er mit zu den Bildern hin ausgebreiteten Armen fort, »Vertrauen und Sicherheit, jemanden, auf den sie sich verlassen können, der sie liebt und der mit geschultem Geist ihre Wünsche errät. Es ist doch mit diesen Bildern nicht anders als mit allem anderen, das sich aus sich selbst heraus weiterentwickelt. Auch diese Bilder bedürfen des ständigen Zuspruchs und der ständigen Anregung, um nicht schon bald an diesen Wänden hier einsam zu verkümmern oder in einen tiefen Schlaf zu verfallen, aus dem sie womöglich gar nicht mehr zu wecken wären, und deshalb ist das«, fuhr er fort, indem er sich wieder in den Raum hineindrehte, »was diese Bilder wirklich brauchen, ein Freund, jemand der ihre Sprache spricht und sie mit Engelszungen unaufhörlich dazu auffordert, ihre Botschaft in eine Zukunft zu tragen, deren Prägung bereits in ihnen vorhanden ist. Nur das ist der Kern der Kunst. Das ist die Galerie, in der wir uns befinden. Die wirklich großen Kämpfe werden ohnehin jenseits unseres Lebens ausgetragen, und nicht das Geringste hätten wir diesen Kämpfen entgegenzusetzen. So hilflos, als fehlten uns Hände und Füße, stünden wir ihnen gegenüber, denn am Ende ist es doch allein die Kunst, die alles immer weitererzählen wird, und wer diesen Werken, die dann noch auf der Bühne stehen werden, ihre Seele eingehaucht hat, wird niemanden mehr interessieren. Das ist etwas«, sagte er jetzt, trat dabei auf den Tisch zu und nahm den jungen Doktoranden ins Visier, der, den Kopf gesenkt, mit dem Zeigefinger sein

Telefon auf der Tischplatte drehte, »das nur uns interessiert, denn wie Sie ja bestimmt längst mitgedacht haben, ist es unsere allgegenwärtige Nichtigkeit, die uns dazu verdammt, dass es uns interessiert. Wie Zwerge stehen wir vor der Größe unseres Schaffens, und unser Bemühen ist doch nie mehr als das, was wir noch begreifen können, und so wie es einem Bild auf natürliche Weise eigen ist, von den Zwängen der Zeit und dieser schrecklichen, fortlaufenden Handlung befreit zu sein, so habe ich mich, durch meine Abkehr hier, soweit dies einem Menschen überhaupt möglich ist, ebenfalls von diesen Zwängen befreit. Nur auf diese Weise ist es mir in den letzten Jahren gelungen, die Seele eines Bildes noch schärfer zu erfassen, und nur so erklärt sich mir auch die Verschmelzung, die ich immerzu fühle, denn ich spüre gar keinen Unterschied mehr, ob ich gerade male oder nicht. Auch jetzt könnte ich es kaum sagen. Natürlich weiß ich, dass wir uns gerade hier unten unterhalten, aber gleichzeitig ist mir, als stünde ich oben an meiner Staffelei, und eben, als ich noch oben an meiner Staffelei stand, da war mir, als seien wir bereits hier unten mitten im Gespräch. So wie meine Bilder, die ja nicht vor meinen Augen verschwinden, nur, weil ich sie nicht sehe, so bewegen sich auch diese Worte in mir, selbst wenn ich sie nicht zu Ihnen spreche, denn sie sind Teil der Aufgabe, die mir auferlegt wurde. Auch ich«, fuhr er fort, trat an den Sessel heran und umfasste die Lehne, »habe mir dieses Leben nicht ausgesucht, sondern es ist über mich gekommen. Wie alle anderen Menschen bin auch ich nichts weiter als ein Diener dieser Aufgabe, deren Zweck ich nicht im Entferntesten erahne, und wie alle anderen Menschen schreite auch ich ein Leben lang blind und einsam durch die Welt, immer in der Hoffnung, dass mir diese Aufgabe gnädig ein wenig Erfüllung schenkt. Und selbst die ist fadenscheinig. Wir wissen ja nicht einmal, ob das, was uns erfüllt, es deshalb tut, weil es in uns gerade auf eine abgrundtiefe Verzweiflung oder eine rigorose Heiterkeit trifft. Das Leben spielt doch mit uns, und nur, indem wir ebenfalls spielend mit dem Leben umgehen, können wir ihm einen Sinn abtrotzen. Die Hand aber, die es nachahmt, muss hart und unerbittlich sein. Das ist die Auserwähltheit. Nur darum geht es in der Kunst. Es geht darum, die Herausforderung, die sie an uns stellt, auch anzunehmen. Das ist es«, fuhr er fort und wies wieder zu den Wänden hin, »wovon diese Bilder zeugen. Das ist der Anspruch, den sie erheben, und das ist der Anspruch, den sie erfüllen, und nachts, wenn ich hier noch in der Dunkelheit sitze, ist es ihr ahnungsvolles Gesäusel, das mir die Gewissheit gibt, dass sie dem Leben, das sie geschaffen hat, längst selbst auf der Spur sind. Verstehen Sie, was ich meine?«

Der junge Doktorand nickte.

»Möchten Sie sich mal in meinen Sessel setzen?«

»Warum?«, fragte er.

»Weil ich Sie gern mal in meinem Sessel sitzen sehen würde«, sagte Günter Greilach und sah dem jungen

Doktoranden dabei zu, wie dieser jetzt, indem er sich erhob, Tabakbeutel und Telefon in seine Bauchtasche schob und sich, nachdem er sich um die Tischkante gedrängt hatte, in den Sessel sinken ließ. Dann trat er zwei Schritte zurück, entzündete das Zigarillo, das zwischen seinen Fingern erloschen war, und sah auf den jungen Doktoranden herab.

»Das ist wirklich ein erfreulicher Anblick, den Sie mir da bieten«, sagte er, »und wie ich unschwer sehe, gefällt es Ihnen auf diesem Platz. Natürlich ist er Ihnen noch nicht so vertraut wie mir, und natürlich wird es eine gewisse Zeit in Anspruch nehmen, bis Sie sich an ihn gewöhnt haben, aber dann werden Sie erleben, wie sich Ihre Sinne von Tag zu Tag weiter schärfen, wie dieser Raum Nacht für Nacht an Enge verliert und sich die Unendlichkeit Ihnen entgegenstreckt. So wie mir wird auch Ihnen dieser Platz in gar nicht allzu ferner Zukunft ein unverzichtbares Zuhause sein, und selbst wenn Sie sich jetzt noch vor diesem Gedanken fürchten, so hat er Sie doch schon längst in seinen Fängen, denn dieser Ort hier ist Ihre Bestimmung. Dieser Ort hier«, fuhr er fort und breitete wieder die Arme aus, »so still er jetzt auch noch scheinen mag, hat sich schon längst zu einer Pilgerstätte ausgewachsen, und Sie, mein Freund, werden der Erste sein, der dieses Vermächtnis hütet. So wie sich mein Leben an dem Unbekannten entlangformte, der dieses Werk aus mir heraus erschuf, so wird sich Ihr Leben an meinem Werk entlangformen, und in vielen Jahren, wenn Sie so alt sind wie ich jetzt, werden Sie, ebenso wie ich gerade, vor einem jungen Menschen stehen, der dann vor Ihnen in diesem Sessel sitzen wird, und Sie werden sich fragen, welche der unzähligen Geheimnisse, die Ihre jahrzehntelangen Forschungen hier zutage gefördert haben, eigentlich noch Bestand haben, und Sie werden feststellen, dass diese Geheimnisse so wandelbar sind wie die Kunst selbst, die sie aufgeworfen hat, und wie immer werden Sie einen Blick zu den Wänden hin werfen, und die Bilder werden Ihnen so frisch und jung entgegenleuchten, als sähen Sie sie gerade zum ersten Mal.«

Günter Greilach schloss die Augen, legte beide Hände auf die Brust, atmete tief durch, öffnete die Augen wieder und sah zu dem jungen Doktoranden hin, der sein Telefon aus der Bauchtasche gezogen hatte und auf das leuchtende Display starrte.

»Möchten Sie etwas sagen?«, fragte er.

Ohne ihn zu heben, schüttelte der junge Doktorand den Kopf, und Günter Greilach trat einen Schritt auf ihn zu.

»Von diesem Gerät dürfen Sie keine Antworten erwarten.«

»Ich suche auch keine Antworten«, sagte Florian und machte Wischbewegungen auf dem Telefon, »ich gucke nur, ob meine Mutter noch mal geschrieben hat.«

»Das verstehe ich«, sagte Günter Greilach und hob den Blick zur Decke hinauf, »liegt es doch in der mensch-

lichen Natur, dass wir immer, wenn wir uns heraus-
gefordert fühlen, nach etwas Vertrautem Ausschau halten.«

Florian schob sein Telefon in die Bauchtasche zurück.
»Ich glaube ehrlich gesagt nicht, dass Sie das verstehen«,
sagte er, stemmte sich mit den Armen auf seinen Knien
ab und sah dem anderen ins Gesicht. »Kann ich jetzt
wieder aufstehen?«

Günter Greilach beugte sich vor. »Natürlich«, sagte
er, während er den jungen Doktoranden mit vorgestreck-
ten Armen gemahnte, sitzen zu bleiben. »Wenn Sie das
wirklich wollen, können Sie das selbstverständlich tun.
Trotzdem sehe ich es als meine Pflicht an«, fuhr er fort
und folgte mit dem Blick seiner Hand, die sich mit ausgestrecktem Zeigefinger in Kopfhöhe erhob, »Sie darauf hinzuweisen, dass es noch immer mein Platz ist,
auf dem Sie sitzen, und dass es deshalb, solange ich noch
hier in diesen Räumen zugegen sein werde, auch mein
Vorrecht bleiben wird, zu bestimmen, wer auf diesem
Platz sitzt und wer nicht. Ich bin mir aber sicher«, sagte
er jetzt, indem er mit plötzlich entspannten Gesichts-
zügen an den Tisch vortrat und sich neben den jungen
Doktoranden auf einen Stuhl setzte, »dass wir beide damit keine Schwierigkeiten haben werden. Wissen Sie«,
fuhr er fort und legte sein Zigarillo in den Aschenbecher,
»die ganze Zeit, während ich hier zu Ihnen gesprochen
habe, habe ich denken müssen, wie unnötig und über-
trieben, ja, regelrecht anmaßend all diese Worte waren.

Es war mir hin und wieder sogar unerträglich, mir selbst lauschen zu müssen, und immer wieder habe ich mich zwischendurch gefragt, ob es mir überhaupt zusteht, Ihnen etwas erklären zu wollen, was diese Bilder hier Ihnen sicher schon viel präziser zugeflüstert haben. Der Schall, den wir erzeugen, ist doch lediglich eine flüchtige Angelegenheit. Nur über diejenigen Brücken führt er uns, unter denen es ohnehin keine Abgründe gibt, und anstatt die Aura, die uns umfängt, zu bereichern, kratzt er nur störend an ihr herum. Wie anders hingegen ist die Stille. Sie ist wie eine und alle Farben gleichzeitig. Sie ist das Gegenteil dieser dauernden Geschwätzigkeit, die uns ja noch in den Schlaf hinein verfolgt und die uns doch immer nur den falschen Weg weisen will. Ich habe ja selbst noch vor wenigen Jahren sogar beim Arbeiten Radio gehört, aber mittlerweile wäre mir allein der Gedanke daran unerträglich, und genauso, mit der gleichen Vehemenz, nur aus völlig anderen Gründen natürlich, sträubt sich in mir noch alles dagegen, obwohl mein Augenlicht altersbedingt selbstverständlich nicht besser wird, beim Malen eine Brille …«

»Habt ihr den Kaffee jetzt drin!«

Günter Greilach erstarrte für einen Moment, richtete dann seinen Blick auf die geschlossene Badezimmertür, an die seine Frau jetzt zusätzlich noch von innen klopfte, schüttelte kurz mit säuerlicher Miene den Kopf und wandte sich, als es von dort wieder still geworden war, erneut dem jungen Doktoranden zu, der mit dem Finger nachdenklich über die Tischkante fuhr, was ein leichtes Knarzen erzeugte.

Florian stoppte diese Bewegung erst, als Herr Greilach, der, auf der Suche nach seinem Blick, das Kinn fast zur Tischplatte gesenkt hatte, erneut das Wort an ihn richtete.

»Ich muss Ihnen ja wahrscheinlich gar nicht erst sagen«, sagte er, »dass es für einen Künstler wie mich natürlich auch darum …«

»Was?«, erscholl aus dem Badezimmer wieder die Stimme seiner Frau. »Habt ihr was gesagt?«, und aus den Augenwinkeln sah Florian jetzt, wie Herr Greilach mit unerwarteter Behändigkeit aus seinem Stuhl auffuhr, einen Schritt nach vorn eilte und mit plötzlich hochrotem Kopf ein »Nein!« in Richtung der Badezimmertür brüllte. Schon bewegte sich Herr Greilach wieder zurück und tastete nach der Lehne des Stuhls, aber da hatte sich auch Florian bereits erhoben. In der einen Hand das Telefon, in der anderen seinen Tabakbeutel drängte er sich am Tisch vorbei in den freien Raum.

Noch im Stehen stützte sich Günter Greilach auf der Stuhllehne ab und verfolgte den Weg des jungen Doktoranden. Dann sah er wieder zur Badezimmertür hin, die sich gerade öffnete.

»Warum denn nicht?«, hörte er seine Frau fragen, während sie hinaustrat. »Der Kaffee ist doch die ganze Zeit schon fertig«, sagte sie und sah zum Wohnzimmer hinauf, aus dem die beiden Männer zu ihr hinabblickten. Auf der ersten Stufe machte sie halt. »Herrlich«, seufzte sie, neigte den Kopf zur Seite und strich sich durchs Haar, »das war wirklich herrlich. Wie anders gleich der Tag ist«, fuhr sie fort und trat ins Wohnzimmer, »unglaublich, wie so eine Dusche erfrischt. Man fühlt sich regelrecht wie neu ge…«

»Ich weiß gar nicht, ob wir das jetzt hören wollen«, sagte Günter Greilach, der seiner Frau einen Schritt entgegengetreten war, »und außerdem kannst du eigentlich noch gar nicht fertig sein. Sie braucht sonst nämlich immer viel länger im Bad«, wandte er sich an den jungen Doktoranden.

Sie grunzte kurz durch die Nase. »Was ist denn das für eine Lüge?«, sagte sie zu Florian hin. »Ich weiß gar nicht, wie er darauf kommt. Tatsächlich dusche ich immer so schnell.«

»Diesen Eindruck hatte ich bisher nicht.«

»Diesen Eindruck solltest du aber haben«, sagte sie und drohte ihrem Mann mit dem Zeigefinger, »oder gehört es vielleicht zu deinen geheimen Beschäftigungen, die Zeit zu messen, die ich sonst am Morgen im Badezimmer verbringe?«

Er warf einen lächelnden Blick zu dem jungen Doktoranden hin. »Ich glaube, da gibt es wirklich wichtigere Dinge.«

»Natürlich!«, rief sie und lachte auf. »Wichtigere Dinge gibt es immer. Was ist denn eigentlich hier los?«, fuhr sie mit plötzlich versteinertem Gesicht fort und fächelte sich mit der Hand frische Luft zu. »Kein Wunder, dass ihr hier in diesem Qualm eure gute Laune verliert. Man kann euch beide ja gar nicht allein lassen. Ihr müsstet selbst mal sehen, wie ungemütlich es wirkt, wie ihr hier im Raum herumsteht.« Sie warf einen kurzen Blick zu Florian hin. »Natürlich ist das nicht Ihre Schuld«, sagte sie und richtete die Augen wieder auf ihren Mann. »Kann es vielleicht sein«, sagte sie, »dass du während der ganzen Zeit, die ich im Badezimmer verbracht habe, nicht einmal auf die Idee gekommen bist, unserem Gast einen Platz anzubieten?«

»Und wenn schon«, sagte Günter Greilach, »das ist doch allein unsere …«

»Nichts und wenn schon!«, unterbrach sie ihn mit schriller Stimme und schlug sich mit der flachen Hand hart gegen den Oberschenkel. »Wie führst du dich bloß auf!«, rief sie und wedelte wild mit den Armen. »Dieser junge Mann ist auch mein Gast! Deine Unfreundlichkeit fällt auch auf mich zurück. Du hättest ihm wenigstens einen Platz anbieten müssen. Schon vorhin hat er unentwegt gestanden. Die ganze Zeit, während du oben im Atelier warst, hat er hier unten still und aufmerksam vor deinen Bildern verbracht. Im Gegensatz zu dir geben wir anderen uns nämlich alle Mühe. Aber das interessiert dich ja überhaupt nicht. Dich interessieren bloß deine scheiß Befindlichkeiten. Aber die haben mit uns nichts zu tun! Was können wir dafür, dass sich in deinen Kopf Vorstellungen verirrt haben, die nicht mehr das

Geringste mit der Realität gemein haben. Erklär mir das doch einfach mal!«

Sie holte tief Luft und senkte den Kopf. Günter Greilach warf einen kurzen Blick zu dem jungen Doktoranden hin und verschränkte die Arme ineinander.

»Das ist doch lächerlich«, sagte er.

»Ja«, sagte sie und lachte auf. Dann hob sie den Kopf, nickte, wischte sich eine Träne aus dem Augenwinkel und sah zu Florian hin. »Wissen Sie«, sagte sie, »es ist immer alles lächerlich, was ich sage. Es ist nur gut, dass ich mich schon lange daran gewöhnt habe.«

Florian spürte, wie sich seine Hände in den Taschen seines Pullovers zu Fäusten ballten und hart gegen seinen Bauch drückten. »Wir haben wirklich gesessen«, sagte er.

Sie lächelte ihm zu.

»Ich verstehe zwar, dass Sie höflich sein wollen«, sagte sie, »aber das müssen Sie nicht.«

»Es ist aber tatsächlich wahr«, sagte er und verlagerte sein Gewicht von einem Bein auf das andere. »Ihr Mann hat sogar darauf bestanden, dass ich in seinem Sessel sitze.«

Sie schüttelte den Kopf. »Das glaube ich nicht.«

»Du willst doch unserem Gast nicht unterstellen, dass er lügt«, sagte Günter Greilach.

»Wie kommst du denn darauf?«, erwiderte sie. »Ich wäre doch die Letzte, die Florian irgendetwas unterstellen würde. Ich lass mich nur nicht gern für doof verkaufen. Vielleicht ist es dir bisher noch nicht aufgefallen«, fuhr sie fort und wies mit dem Arm durch den Raum, »aber auch ich lebe schon ein paar Jahre und Jahrzehnte hier, und deshalb weiß ich auch, dass du nie jemand anderen in deinem Sessel sitzen lassen würdest.«

»Das werden wir ja sehen«, sagte Günter Greilach, drehte sich zu seinem Sessel um, rückte ihn ein wenig vom Tisch ab und winkte den jungen Doktoranden heran.

Florian schüttelte den Kopf. »Ich muss mich eigentlich nicht dort hinsetzen«, sagte er.

Günter Greilach zeigte auf die Sitzfläche. »Sie haben doch eben schon hier gesessen, und Sie wissen bestimmt auch noch, was ich Ihnen da gesagt habe.«

»Natürlich«, sagte Florian, »aber …«

»Nichts aber«, unterbrach ihn Günter Greilach. Kurz schoss es ihm in den Kopf, ob er sich nicht schon im nächsten Moment dem jungen Doktoranden nähern müsse, um ihn mit hartem Griff zum Sessel zu führen, aber da hatte der sich schon selbst auf den Weg gemacht.

Mit aufgeblasenen Wangen ließ er sich in das Möbel nieder und blickte zu Herrn Greilach hin, der sich auf einen Stuhl setzte und zu seiner Frau hinaufsah, die ebenfalls an den Tisch getreten war.

»Das ist ja eine tolle Vorführung«, sagte sie, »dann kann ich mich ja jetzt auch setzen.«

»Es ist überhaupt keine Vorführung«, sagte ihr Mann.

Sie winkte mit der Hand ab. »So meine ich das doch gar nicht«, sagte sie, während sie nun ebenfalls auf ei-

136

nem Stuhl Platz nahm. Angestrengt rieb sie sich über die Stirn und beobachtete ihren Mann, wie er sich ein Zigarillo aus seiner Dose nahm, es anzündete, den Kopf in den Nacken legte und den Rauch hoch hinausblies. Dann wandte sie sich an Florian.

»Das ist wirklich eine große Ausnahme«, sprach sie zu ihm hin. »Nicht einmal Herrn Rüdiger hat er seinerzeit diesen Platz angeboten. Sie sind tatsächlich der Erste. Sie glauben gar nicht, was er hier sonst, nur, weil man sich vielleicht mal aus Versehen in diesen Sessel hinein- verirrt hat, für ein Buhei deswegen veranstaltet. Dabei ist auch dieser Sessel im Grunde genommen nichts wei- ter als ein …«

»Hast du vielleicht jetzt Lust, uns den Kaffee zu brin- gen?« fragte Günter Greilach.

Sie drehte den Kopf weg und sah in die Luft. Dann nickte sie und beugte sich, während sie bereits aufstand, zu dem jungen Mann vor. »Möchten Sie den Kaffee vielleicht aus einer der Tassen trinken, die mir meine Mutter vererbt hat?«

Florian blickte erst auf sein Telefon, das er in der ei- nen, dann auf seinen Tabakbeutel, den er in der ande- ren Hand hielt. »Ich möchte eigentlich jetzt gar keinen Kaffee trinken«, sagte er dann.

»Aha«, sagte sie, ließ sich auf den Stuhl zurückfallen und sah zu ihrem Mann hin. »Hast du gehört?«, fragte sie, »er möchte im Moment keinen Kaffee, und da geht es ihm genau wie mir. Ich habe gerade auch keine Lust auf Kaffee, und du solltest sowieso keinen trinken. Wissen Sie«, fuhr sie in Florians Richtung fort, »er bekommt von Kaffee nämlich immer einen ganz sauren Atem.«

»Ich möchte sowieso keinen Kaffee«, sagte Günter Greilach, wandte sich um und rieb sich die Hände. »Wisst ihr, was wir stattdessen machen?«, sagte er und erhob sich schon. »Wir trinken zusammen einen Schnaps.«

»Was?«, rief sie, »was ist denn das jetzt wieder für eine Idee! Du kannst doch nicht von uns verlangen, dass wir um diese Uhrzeit mit dir Schnaps trinken.«

Günter Greilach beugte sich ihr über den Tisch entgegen. »Du bist jetzt einfach mal still!«, befahl er, wandte sich um und steuerte auf den Eckschrank zu.

Mit fassungsloser Miene starrte sie ihm hinterher. Dann sah sie zu dem jungen Mann hin, dessen Telefon gerade wieder aufleuchtete.

»Möchten Sie jetzt wirklich einen Schnaps trinken?«, fragte sie.

»Warum nicht?«, sagte er und fuhr fort, über das Gerät zu wischen.

Sie seufzte leise auf. »Vielleicht haben Sie sogar recht, Florian. Vielleicht ist das jetzt tatsächlich keine so schlechte Idee. Wissen Sie, Florian«, fuhr sie fort und neigte sich ein Stückchen in seine Richtung, »wenn es damals schon solche Geräte gegeben hätte, hätte auch meine Mutter bestimmt immer gern gewusst, wo ich gerade bin.«

»Das kann sein«, sagte er und ließ den Blick, den sie jetzt gemeinsam mit ihm auf die Kontaktliste warf, die er gerade hinaufscrollte, gewähren.

Vom Eckschrank her, den er zuvor aufgezogen hatte, guckte Günter Greilach kurz über die Schulter hinweg zum Tisch, und da er sah, dass sie beide auf das Telefon des jungen Doktoranden schauten, nahm er eines der drei Gläser, die er bereits gefüllt hatte, führte es sich an die Lippen, nahm dann noch ein zweites, füllte beide nach, kehrte anschließend mit schwungvollen Schritten zum Tisch zurück, stellte die Gläser wie ein Kellner von hinten erst vor den jungen Doktoranden, dann vor seine Frau, umrundete den Tisch und baute sich vor seinem Stuhl auf.

»Prost!«, rief er, wartete, bis auch die beiden ihre Gläser gehoben hatten, nippte dann einen winzigen Schluck aus seinem Glas und schloss die Augen. »Mhm«, sagte er, »das ist wirklich ein hervorragender Tropfen.«

Natascha Greilach, die ebenfalls nur genippt hatte, sah auf das leere Glas, das der junge Gast bereits wieder vor sich hingestellt hatte. »Das war jetzt gut, oder?«

»Keine Frage«, sagte Günter Greilach, indem er sich setzte, »das ist ein ausgezeichneter Brand und außerdem noch sehr bekömmlich.«

Sie warf ihrem Mann einen achtlosen Blick zu. »Dass es dir schmeckt, wundert mich nicht«, sagte sie und wandte sich wieder Florian zu, der seinen Tabakbeutel geöffnet hatte und ein Zigarettenpapier zwischen den

Fingern hielt. »Sie dürfen nicht denken, dass das bei uns jeden Tag so zugeht«, sagte sie. »Wir trinken sonst nie am Vormittag und erst recht nicht, seit es Herrn Rüdiger nicht mehr gibt.« Sie lachte auf. »Die Geschichte muss ich jetzt aber doch erzählen.«

»Welche?«, fragte ihr Mann.

Sie nahm ihr Glas und stürzte den Schnaps hinunter.

»Die, wo du mit Herrn Rüdiger nach Wien fliegen wolltest«, sagte sie und wischte sich über den Mund.

Er rollte mit den Augen. »Das ist zwar jetzt auch schon dreißig Jahre her, aber mach doch, wenn du willst.«

»Es ist wirklich eine so lustige Geschichte«, wandte sie sich wieder an Florian, »wissen Sie, der Herr Rüdiger und mein Mann, die haben über eine gewisse Zeit relativ viel miteinander gemacht, und einmal wollten sie zusammen nach Wien fliegen, weil du da, glaube ich, eine Ausstellungsbeteiligung hattest.«

Ihr Mann nickte.

»Der Herr Rüdiger«, fuhr sie fort, »das muss man dazu sagen, ist immer nur, egal wohin, Taxi gefahren. Ich weiß gar nicht, ob der überhaupt einen Führerschein hatte.«

»Das weiß ich auch nicht mehr«, sagte Günter Greilach.

»Du auch nicht«, sagte sie, »das ist ja komisch. Aber zum Glück ist es auch gar nicht wichtig. Viel wichtiger ist«, fuhr sie fort und wandte sich wieder Florian zu, »dass Sie wissen, der Herr Rüdiger war alles andere als ein Kind von Traurigkeit, und darum hatte der immer eine Flasche mit seinem Lieblingsschnaps dabei. Was war das noch mal für ein Schnaps, Günter?«

»Zwetschgenbrand«, sagte ihr Mann, »den wir auch gerade trinken.«

»Ist ja auch egal«, sagte sie, »auf jeden Fall sammelt der Herr Rüdiger meinen Mann hier mit seinem Taxi ein, und natürlich kommen die beiden auf keine dümmere Idee, als schon auf dem Weg zum Flughafen die Flasche zu öffnen oder, wie sie es früher immer genannt haben ... Wie habt ihr das früher immer genannt? ... Ach ja, an der Flasche zu arbeiten.«

»Genau!«, warf Günter Greilach ein.

»Natürlich waren sie dann auch noch viel zu früh am Flughafen, weil Herr Rüdiger, das war eine seiner Eigenschaften, immer viel zu pünktlich war, und da sie ja jetzt noch Zeit hatten, haben sie auch dort am Flughafen noch weiter an der Flasche gearbeitet.«

»Ich glaube, da ist sogar noch eine zweite geöffnet worden«, sagte Günter Greilach.

Sie winkte ab. »Das bildet er sich jetzt nur ein«, sprach sie weiter zu Florian hin, »eine Flasche genügt doch auch schon. Man muss ja gar nicht immer so übertreiben. Jedenfalls waren die beiden, als sie schließlich ins Flugzeug steigen wollten, schon so betrunken, dass die gesamte Besatzung sich geweigert hat, sie mitzunehmen. Aber das war den beiden da, glaube ich, auch schon egal.« Sie holte tief Luft. »Ich stehe hier also am späten Abend noch in der Küche«, fuhr sie fort, »und plötzlich sehe ich Lichter aufleuchten, und wieder ist es ein Taxi, und darin liegen Herr Rüdiger und mein Mann … oder war Herr Rüdiger da überhaupt noch dabei? … Zumindest war mit meinem Mann an diesem Abend überhaupt nichts mehr los, und als er am nächsten Morgen die Augen aufschlug, da hat er mich ganz entgeistert angestarrt und mich dann angefahren, was ich denn um Himmels willen in Wien zu suchen hätte.«

Sie klatschte in die Hände und sah in Florians Gesicht, der lächelte.

»Da müssen Sie aber wirklich viel getrunken haben«, sagte er zu Herrn Greilach.

»Das kann man wohl laut sagen!«, rief sie und lachte auf. »Und das ist bei Weitem nicht die einzige Geschichte dieser Art. Erinnerst du dich noch«, fuhr sie fröhlich zu ihrem Mann fort, »wie du hier irgendwann mal wieder bis in die Puppen mit Jutta und Hans herumgesessen und mich dann am Morgen ganz verwirrt geweckt hast, weil du dachtest, es hätte auf deiner Seite durch die Decke geregnet?«

»Ich glaube, jetzt reicht's«, sagte ihr Mann.

Mit einem Strahlen im Gesicht drehte sie sich zu Florian hin. »Sehen Sie, wie peinlich ihm das noch immer ist?«

»Das ist mir nicht peinlich«, sagte Günter Greilach.

Sie sah zu ihm hin, und ihre Miene verfinsterte sich. »Es sollte dir aber peinlich sein«, sagte sie. »Auch die

Geschichte mit eurer Wien-Reise ist doch nur deshalb lustig, weil ich sie so gut erzählt habe.«

Günter Greilach kniff die Augen zusammen. »Ich glaube, du hast jetzt fürs Erste genug geredet!«, zischte er. Dann wandte er sich dem jungen Doktoranden zu und hob die Schultern. »Wissen Sie«, sprach er, »natürlich haben Herr Rüdiger und ich hin und wieder mal ein Glas über den Durst getrunken, aber das war nur ein Nebenschauplatz. Der Kern unserer Freundschaft, die wie alle großen Freundschaften auf absoluter Gegenseitigkeit beruhte, war der Stolz, mit dem sie uns zu gleichen Teilen erfüllt hat. Sie wissen ja vermutlich aus Ihren bisherigen Recherchen längst, dass Herr Rüdiger ein bedeutender Leiter eines der wichtigsten Museen in …«

»Das habe ich ihm bereits erzählt«, unterbrach sie ihn.

Günter Greilach sah zu seiner Frau hin. »Was hast du ihm erzählt?«

»Wer Herr Rüdiger war«, sagte sie, »das wird ja wohl noch erlaubt sein.«

»Ob erlaubt oder nicht, spielt hier keine Rolle«, sagte er. »Wer Herr Rüdiger war, wusste er doch ohnehin schon längst. Sonst würde er gar nicht auf diese Weise hier sitzen.«

Sie zuckte mit den Schultern. »Ich bin mir da nicht so sicher«, sagte sie, »von der Ausstellung zumindest wusste er nichts.«

»Welcher Ausstellung?«

»Die du mit Herrn Rüdiger zu deinem runden Geburtstag geplant hattest.«

»Die hat doch auch nie stattgefunden.«

Sie hob die Arme in die Luft. »Siehst du«, sagte sie, »mehr habe ich ja auch gar nicht erzählt. Und natürlich noch, dass dich das damals sehr gekränkt hat.«

Günter Greilach stützte sich mit beiden Händen auf der Tischplatte ab und beugte sich seiner Frau entgegen. »Was hat mich gekränkt!«, raunzte er.

Sie runzelte die Stirn. »Na, dieser Besuch von diesem Nachfolger«, sagte sie, »wie hieß er denn gleich noch mal? Der hat sich ja nicht einmal deine Bilder ange…«

Er schlug mit der Faust auf den Tisch. »Und das, glaubst du, hat mich gekränkt!«, rief er, lachte auf und warf sich auf den Stuhl zurück. »Was soll mich denn daran gekränkt haben?«, sprach er über den Tisch hinweg und deutete mit beiden Händen auf seine Brust. »Wer bin ich denn, dass ich mich durch so was kränken lassen würde. So was interessiert mich überhaupt nicht. Dieser Trottel, der uns da besucht hat, kann doch denken, was er will. Das ist doch nur Zeitgeschmack. Das hat mit meiner Kunst nichts zu tun.« Mit den Armen wies er zu den Wänden hin. »Was hat denn der Zeitgeschmack dieses armseligen Trottels mit all dem hier zu tun?«, fuhr er fort und sah zu seiner Frau hin. »Vielleicht kannst du das unserem Gast bei der Gelegenheit auch gleich noch mit erklären. Für schlau genug scheinst du dich ja zu halten. Vielleicht willst du unserem Gast aber auch noch ganz andere Lügen über mich erzählen. Die Frechheit dafür scheinst du ja auch zu besitzen. Wahrscheinlich glaubst du in deiner naiven Art sogar noch an das, was du sagst, oder wünschst dir nur, dass es wahr wäre. Aber wie immer denkst du beim Reden ohnehin nicht nach. Hauptsache, man maßt sich an, irgendetwas zu behaupten, was einem gar nicht zusteht. Aber unseren Gast kannst du damit nicht beeindrucken. Der ist nämlich etwas intelligenter als du, und im Gegensatz zu dir weiß er auch, worum es hier geht. Es muss hier nämlich gar nichts mehr behauptet werden, weil hier alles schon behauptet ist, und was du dem jetzt noch hinzufügen willst, wird sowieso nur auf taube Ohren treffen. Deswegen kannst du auch gern weiterhin zu deinem eigenen Spaß irgendwelche dummen Geschichten über mich erzählen. Ist doch lustig, was in dem senilen Kopf einer alten Frau alles so herumwandert. Na los! Erzähl schon! Da gibt es bestimmt noch ganz viele Geschichten. Den ganzen Morgen läufst du hier doch schon in Schuhen rum, die eindeutig eine Nummer zu groß für dich sind.«

Er griff nach seinem Glas, drehte sich aus seinem Sessel heraus und steuerte auf den Eckschrank zu.

Sie sah ihrem Mann hinterher und wandte sich dann zu Florian um, der wieder auf sein Telefon starrte.

»Mein Gott«, sagte sie, »wie er sich wieder aufspielt, und jetzt muss er wieder was trinken. Das muss er immer, wenn er sich so aufspielt. Meist weiß er sowieso nicht mehr, was er gerade gesagt hat. Aber mir macht das zum Glück nichts mehr aus. Ich habe mich schon lange daran gewöhnt.« Sie lachte auf, hob ihr Bein und ließ ihren Fuß kreisen. »Schauen Sie mal, Florian«, sagte sie dann, »finden Sie nicht auch, dass mir diese Schuhe sogar eigentlich sehr gut passen. Ich habe sie erst vor wenigen Wochen von Jutta bekommen. Jutta trägt nämlich schon seit Jahren nur noch diese Art von Pumps.«

»Pömps!«, rief ihr Mann vom Eckschrank aus. »Pömps!«, rief er wieder, indem er mit einem vollen Glas zum Tisch zurückkehrte.

Sie erhob sich. »Weißt du«, sprach sie in Richtung ihres Mannes, »der Letzte, der einen Grund hat, hier so ein Theater zu veranstalten, bist du. Du hast ja nicht einmal eine Ahnung, was hier gerade um dich herum geschieht. In Wahrheit müsstest du mir nämlich dankbar sein. Wenn ich Florian nicht gesagt hätte, wie wichtig sein Besuch für dich ist, dann wäre er womöglich schon gar nicht mehr hier. Aber auf so eine Idee kommst du ja gar nicht. Immer sitzt du nur dort oben in deinem Atelier und kriegst überhaupt nicht mit, wie sich die Welt um dich herum verändert. Das interessiert dich nicht einmal. Du denkst doch noch immer, dass es reicht, wenn man jemandem einfach die Tür aufmacht, und damit ist dann auch schon alles getan. Das hat vielleicht bei mir geklappt, weil ich damals noch so jung und unbedarft war, aber es hat mit dem normalen Leben in unserer heutigen Zeit nichts mehr zu tun. In der heutigen Zeit bemüht man sich nämlich umeinander. In der heutigen Zeit, da geht man aufeinander zu und gibt dem anderen das zurück, was man von ihm bekommen hat. In der heutigen Zeit bereichert man sich aneinander. Aber das verstehst du ja gar nicht, und deshalb hat es auch überhaupt keinen Sinn, mit dir über irgendetwas zu streiten, und das will ich sowieso nicht.«

Sie sank auf den Stuhl zurück und sah ihren Mann an, der zu ihr hinab grinste.

»Das waren viele Worte«, sagte er, trank den Schnaps und setzte sich dann ebenfalls. »Vielleicht sollten wir jetzt doch einen Kaffee trinken.«

Sie holte tief Luft. »Hat dir Florian eigentlich erzählt, dass er sich hauptsächlich um Flüchtlinge kümmert?«

Er warf einen kurzen Blick zu ihm hin. »Wann soll er mir denn das erzählt haben?«

»Keine Ahnung«, sagte sie, »ihr habt doch genug Zeit miteinander verbracht. Mir zumindest hat er das sofort erzählt.«

»Das kann ja sein«, sagte er und wies mit der Hand zu dem jungen Doktoranden hin, »nur haben wir beide ganz andere Sachen zu bereden. Wenn wir miteinander sprechen, geht es ja nicht darum, was der Einzelne in seiner Freizeit anstellt. Da kann ja jeder machen, was er will.«

»Ich glaube nicht, dass Florian das nur in seiner Freizeit macht«, sagte sie, »und ich zum Beispiel finde es

ganz toll, was er da leistet. Das ist doch eine richtige Aufgabe. Das ist mehr wert, als vieles andere, was man sonst
so tut. Diesen armen Menschen muss schließlich geholfen werden. Oder siehst du das anders?«

Günter Greilach schickte seinen Blick zur Decke hinauf. »Was ich sehe oder nicht sehe«, sprach er, »ist allein mir überlassen.«

»Na, das ist ja wieder ein kluger Spruch«, sagte sie.
»So kann man sich auch aus der Affäre ziehen. Ich
glaube aber«, fuhr sie fort, »dass du Florian einen gro-
ßen Gefallen tun würdest, wenn du ein bisschen mehr
Anteilnahme für diese armen Menschen zeigen würdest.
Du hast doch nichts gegen Flüchtlinge?«

»Geflüchtete«, warf Florian ein, ohne von seinem
Telefon aufzusehen.

Sie drehte den Kopf zu ihm hin. »Wie bitte?«

»Geflüchtete«, wiederholte er.

»Das habe ich doch gesagt.«

Sie sah wieder ihren Mann an.

»Ich muss mich hier überhaupt nicht rechtfertigen«,
sagte Günter Greilach. »Wofür auch immer. Ich habe
mich ja selbst genug um Menschen gekümmert. Gerade
in der Jugend glaubt man sich ja dieser Aufgabe anneh-
men zu müssen, und natürlich formen eine solche Tätigkeit und die Verantwortung, die man fühlt, nebenher
auch den Charakter mit.«

Sie sah ihn mit einem ungläubigen Gesicht an. »Um
wen willst du dich denn gekümmert haben?«

Er nahm sich ein Zigarillo aus der Dose. »Um Hans zum Beispiel«, sagte er dann. »Den habe ich doch über Jahre hinweg regelrecht durchgeschleppt. Der hätte ohne mich und die Kontakte, die ich ihm besorgt habe, sonst nie ein Bein auf den Boden bekommen.«

»Ich weiß nicht, ob man das vergleichen kann«, sagte sie.

»Man muss am Ende auch gar nicht immer alles miteinander vergleichen«, sagte Günter Greilach. »Genau das nimmt doch allem und jedem nur seine eigene Wucht. Eine Erfahrung muss schließlich auch für sich allein stehen dürfen. Nur so gewinnt sie an Kraft.« Mit den Armen wies er wieder zu den Wänden hin. »Wie sähe es denn jetzt hier aus«, fuhr er fort, »wenn ich mein ganzes Leben nichts anderes getan hätte, als immer alles miteinander zu vergleichen? Dann hingen hier jetzt vielleicht ein paar schale Bilder an der Wand, um die sich niemand auch nur einen feuchten Kehricht scheren würde. Ein regelrechter Fluch unserer Zeit ist es, dass man meint, immer alles miteinander vergleichen zu müssen. Diese ganze Vergleicherei erzeugt doch auf einer schier endlosen Ebene nichts weiter als eine unüberschaubare Langeweile, und genau diese Langeweile ist es, der sich sowohl die Künstler wie auch das Publikum schon längst selig hingegeben haben. Das Publikum erträgt doch schon lange nichts anderes mehr als langweilige Kunst, und allein aus diesem Grund, aber natürlich auch, weil sie es nicht besser vermögen, bemühen sich heutzutage fast alle Künstler nahezu händeringend, so langweilige Kunst wie nur irgend möglich zu machen.« Er nahm den jungen Doktoranden ins Visier. »Das ist Ihnen ja wahrscheinlich auch schon aufgefallen.«

»Und was hat das jetzt mit Hans und den Flüchtlingen zu tun?«, fragte sie.

Er sah zu seiner Frau hin. »Dass du das nicht verstehst«, sagte er, »erstaunt mich in keiner Weise. Die Frage ist doch vielmehr, was es nicht damit zu tun haben soll.« Günter Greilach entzündete sein Zigarillo. »Wissen Sie«, sprach er zu dem jungen Doktoranden hin, der in seinen Tabakbeutel schaute, »es ist ja etwas Erhebendes und Wunderbares, wenn man aus einer tiefen Überzeugung heraus glaubt, etwas Gutes zu tun, und Menschen an sich bindet, denen man dann nicht nur seine Zeit, sondern auch seine Kraft opfert. Als jüngerer Mensch geschieht das wie selbstverständlich mit aufschäumendem Herzen. Aber auch als jüngerer Mensch muss man darauf achten, dass man bei allem, was man für den anderen zu geben bereit ist, auch die Verantwortung dafür trägt, sich selbst dabei nicht aus den Augen zu verlieren. Dies nicht getan zu haben, ist ein Fehler, den ich gleich mehrfach begangen habe. Gerade für mich, vielleicht auch deshalb, weil die Kunst ja ihrer Natur nach eine einsame Tätigkeit ist, waren Freundschaften und der Glaube an ihre Verlässlichkeit alles. Dabei liegt es in der menschlichen Natur begründet, dass wir uns gegenseitig kränken müssen. Wir Menschen sind uns einfach untereinander zu ähnlich, und deshalb glauben wir, uns nur auf diese Weise aus der Menge herausheben zu können. Nur war dies nie ein Weg, den ich gehen wollte, denn das Einzige, das uns wahrhaft aus denen, mit denen wir zusammenstehen, emporwachsen lässt, ist die Kunst und die Art und Weise wie sie, indem wir versuchen, sie zu formen, uns auch selbst formt. Dies endlich begriffen zu haben, hat mich erst zu dem gemacht, der heute vor Ihnen sitzt.« Er lehnte sich in seinen Stuhl zurück und nahm einen tiefen Zug von seinem Zigarillo. »Darf ich Ihnen noch einen Schnaps bringen, mein Freund?«

»Du hast ihm jetzt aber immer noch nicht erzählt, wer Hans ist«, sagte seine Frau.

Er sah zu ihr hin. »Warum denn auch?«, sagte er, »Hans geht mich doch überhaupt nichts mehr an.«

Sie lachte auf. »Was ist denn das für eine Art?«, sagte sie, »du kannst doch nicht Hans erst hier anführen und dann kein Wort mehr über ihn verlieren. Wie soll Florian denn so in seine Arbeit hineinfinden? Wenn er über dich schreiben will, muss er auch etwas über dich erfahren. Oder ist es etwa deine Absicht, dass es am Schluss so aussieht, als hättest du schon dein ganzes Leben lang so einsam wie jetzt hier in diesem Haus herumgehockt? Wer soll denn das lesen wollen?«

»Das wirst du schon noch früh genug sehen, wer das alles lesen will«, erwiderte er.

»Da bin ich ja mal gespannt«, sagte sie. »Also mich

würde das nicht interessieren. Außerdem ist es doch nicht schlimm, wenn er erfährt, wer Hans ist. Wissen Sie«, wandte sie sich an Florian, der auf die Glut seiner Zigarette starrte, »Hans und mein Mann kennen sich nämlich bereits seit ihrem gemeinsamen Studium und pflegten über Jahre und Jahrzehnte das, was man eine richtige Künstlerfreundschaft nennt.«

»Na ja«, sagte ihr Mann.

Sie sah zu ihm hin. »Wieso?«, fragte sie, »du hast das doch selbst immer so genannt.«

»Und wenn schon«, sagte er, »dass ich das früher mal so genannt habe, heißt gar nichts.«

»Natürlich heißt das was«, beharrte sie, »man kann schließlich nicht alles nur vom Ende her betrachten. Das war ja über lange Jahre eine Freundschaft, auf die ich fast ein wenig eifersüchtig war. Ihr habt euch doch mehr anvertraut, als du mir jemals erzählt hättest, und auf das Urteil von Hans hast du, wenn er dich im Atelier besucht hat, auch immer großen Wert gelegt.«

Günter Greilach prustete los. »Das Urteil von Hans!«, rief er und ahmte ein dümmliches Gesicht nach. »Was soll denn das für ein Urteil gewesen sein?«, fuhr er fort. »Der stand doch immer nur mit weit aufgerissenen Augen und offenem Mund staunend vor meinem Schaffen, und wenn er sich dann mal getraut hat, etwas dazu zu sagen, war es immer das Schwächste an dem jeweiligen Werk, das er als das Stärkste hervorgehoben hat, weil er vergeblich hoffte, wenigstens dieses Detail aus meiner

Arbeit in seine eigene übertragen zu können. In Wahrheit hat doch Hans sein ganzes Leben über nichts anderes getan, als hinter mir herzurennen und zu versuchen, mir in seiner erbärmlichen Weise nachzueifern.« Ein kurzes Lachen brach aus ihm hervor. »Um zu verstehen, was ich hier gerade sage«, sprach er dann zu dem jungen Doktoranden hin, »müssten Sie nur mal für ein paar Minuten sein Haus betreten. Auf den ersten Blick würden Sie vielleicht sogar noch denken, dass es dort so ähnlich aussieht wie hier, aber schon im nächsten Moment würde Ihnen auffallen, wie unnatürlich und aufgesetzt die ganze Atmosphäre dort ist, als wenn jemand sich alles nur abgeguckt hätte, und dann würden Sie einen Blick zu den Bildern an den Wänden werfen, und die Ereignislosigkeit hinter dieser ganzen Buntheit würde Sie ebenso abschrecken wie die vielen hohlen und hölzernen Worte, die der Gastgeber schon die ganze Zeit zu Ihnen spricht, und während Sie schon überlegten, auf welchem Wege Sie möglichst schnell und unauffällig aus diesem Haus wieder entweichen könnten, würde Sie der Gedanke anspringen, dass Ihr Gastgeber sich im Grunde seines Herzens für alles, was er darstellt, zutiefst schämt.« Günter Greilach lehnte sich zurück. »So sieht es nämlich aus mit Hans.«

Seine Frau schüttelte den Kopf. »Ich glaube, jetzt bist du einfach ungerecht«, sagte sie. »Du warst schon viel zu lange nicht mehr dort, und früher hast du sogar immer betont, was für einen guten Geschmack Hans hat.«

»Aber doch nur aus Mitleid!«, rief er.

»Das glaube ich nicht. Wissen Sie«, sprach sie zu Florian hin, »mein Mann ist nämlich immer noch sauer auf Hans, weil er glaubt, er hätte ihn hintergangen.«

»Du willst doch jetzt nicht etwa von dieser ungeheuren Dreistigkeit erzählen«, sagte Günter Greilach.

»Selbstverständlich«, sagte sie, »genau das will ich. Es ist allemal besser, Florian erfährt diese Geschichte von uns, als wenn ihn zum Beispiel Jutta im Städtchen damit überrascht. Oder gehört es vielleicht zu deinen erweiterten Plänen, unseren Gast hier in diesem Haus gefangen zu halten?«

»Dann mach's aber kurz.«

»Da gibt es auch gar nicht viel zu erzählen«, sagte sie und wandte sich ganz zu Florian um, »es war einfach nur so, dass der Stadtrat hier auf meinen Mann zugekommen ist und ihn gefragt hat, ob er nicht einen Entwurf für einen Brunnen auf unserem Marktplatz anfertigen könne. Natürlich hat mein Mann nicht sofort zugesagt, aber dann hatte er diesen Entwurf plötzlich innerhalb eines Nachmittags fertig.« Sie sah zu ihm hin. »Vielleicht war das auch einfach zu schnell«, sagte sie. »Ich habe sowieso im Nachhinein immer wieder denken müssen, dass es vielleicht so war, dass du diese Aufgabe zu leicht genommen hast und dass du dir ruhig ein wenig mehr Mühe mit diesem Entwurf hättest geben können.«

Günter Greilach sah für einen Moment auf die Tischkante. »Das ist aber eine sehr weibliche Perspektive«, sagte er dann und grinste dem jungen Doktoranden zu, »ein Entwurf, diese befriedigende Erfahrung werden Sie sicherlich auch schon gemacht haben, kommt doch immer aus einer zwingenden inneren Erregung urplötzlich aus einem herausgeschossen.«

Seine Frau sah ihn streng an. »Das kannst du dir auch sparen, so zu reden«, sagte sie, »Florian versteht sowieso nicht, was du meinst. Du willst doch mit diesen Ferkeleien nur von der Geschichte ablenken.«

Günter Greilach setzte ein verdutztes Gesicht auf. »Was für Ferkeleien?«, fragte er dann und grinste jetzt sie an, »ich habe in diesen Räumen gerade keinerlei Ferkeleien vernommen, aber vermutlich liegt es in der weiblichen Natur, bestimmte Dinge nur auf eine bestimmte Weise auffassen zu können.«

»Was in der weiblichen Natur liegt und was nicht«, sagte sie, »hast du doch nie verstanden, und außerdem würde ich jetzt gern weitererzählen, sonst kommen wir mit dieser blöden Geschichte nie zu Ende.«

»Dann mach das«, sagte er, »aber wenn mir jetzt an deinen Worten irgendetwas schlüpfrig erscheint, möchte ich das auch gegen dich verwenden dürfen.«

Sie kniff die Augen zusammen. »Ich glaube«, sagte sie, »da kannst du, selbst wenn du es dir jeden Tag von Neuem erhoffst, bis an dein Lebensende drauf warten, und ich glaube auch nicht, dass wir Florian weiter mit deinen schmutzigen Gedanken belästigen müssen.«

Sie sah zur Decke hinauf.

»Jetzt ist es ihm doch tatsächlich gelungen, mich wieder abzulenken. Ach so! Der Entwurf! Genau«, sagte sie und wandte sich wieder dem jungen Mann zu, der zur Seite auf die Wand schaute. »Also, der Entwurf wurde dann im Rathaus ausgehängt. Nur fanden sich dort auch schnell viele Leute, denen dieser Entwurf als nicht geeignet für unseren Marktplatz erschien und die dann sogar planten, ein Bürgerbegehren gegen ihn ins Leben zu rufen. Auf jeden Fall gab es überall und auch in der Zeitung hitzige Diskussionen wegen dieses Entwurfs, und dann wurde in Absprache mit meinem Mann ein Termin im Rathaus festgesetzt, an dem er das Ganze öffentlich verteidigen sollte. Nur ist er zu diesem Termin nie erschienen, und das verstehe ich bis heute nicht«, wandte sie sich jetzt wieder an ihn direkt, »warum du dort nicht hingegangen bist. Du hättest den Leuten deinen Entwurf doch in aller Ruhe erklären können. Was wäre denn daran falsch gewesen. Man kann schließlich nicht von jedem Menschen verlangen, dass er die Zeit und die Muße hat, sich so eingehend mit Kunst zu beschäftigen, dass sie ihm am Ende auch gefällt.«

Günter Greilach schüttelte den Kopf. »Das stimmt doch so alles gar nicht«, sagte er, »du erzählst wie immer nur, wie die Geschichte von außen aussah. In Wahrheit war das von Anfang an eine abgekartete Sache, und das war mir auch jederzeit bewusst, aber so funktioniert sie eben, die Politik.«

»Welche Politik?«, fragte sie, »ich verstehe gerade gar nicht, wovon du redest.«

»Das musst du nicht noch extra betonen, dass du nicht verstehst, wovon ich rede. Wenn es einem genügt, einfach das nachzuplappern, was man in unserem lieben Städtchen in der Eisdiele oder sonst wo aufschnappt, dann will man auch gar nicht verstehen, wovon ich rede. Aber als freier Mensch, der du bist, kannst du natürlich sagen, was du willst, und genau das hast du ja auch getan. Nur sehe ich mich jetzt doch genötigt, ein paar Sätze hinzuzufügen, auch wenn mich die Geschichte, wie man sich wohl unschwer vorstellen kann, wie keine zweite von Grund auf zutiefst langweilt.« Er nahm sich ein neues Zigarillo aus der Dose und zündete es an. »Wissen Sie«, wandte er sich an den jungen Doktoranden, »um diese öde Geschichte besser begreifen zu können, müssen Sie sich verdeutlichen, dass es, lange bevor die Stadt schließlich auf mich zukam, Gerüchte gab, dass ein solches Wohlfühlobjekt geplant sei. Heutzutage meint ja kein Städtchen mehr, ohne solchen Quatsch auszukommen. Natürlich hat mich das nicht im Entferntesten interessiert, und wenn man damals schon, in dieser Planungsphase, auf mich zugekommen wäre, wäre mein Rat gewesen, das Geld lieber für einen Spielplatz oder einen hohen, schönen Sprungturm im Schwimmbad auszugeben, aber diese piefigen Menschen hier verlangt es immer nur nach Selbstbeweihräucherung. Das ist ihr wahres Lebensziel. Ein von einem

Künstler gestalteter Brunnen soll ihnen dazu als Anlass dienen, noch blasierter durch ihr enges Leben schreiten zu können, und diese Erwartung zu brechen, war das Einzige, was mir diese Aufgabe schmackhaft gemacht hat. Wie Sie sich vermutlich leicht vorstellen können, war das Ganze für mich vom Anfang bis zum Ende nichts weiter als ein Spiel.«

Natascha Greilach lachte auf. »So kam mir das aber gar nicht vor«, sagte sie und wandte sich zu Florian um. »Können Sie sich vorstellen, dass er seit dieser Geschichte nie wieder einen Fuß in das Städtchen gesetzt hat?«

»Das hat doch ganz andere Gründe!«, stieß Günter Greilach hervor. »Mir ist meine Zeit einfach zu schade, um sie hier in diesem öden Städtchen zu verplempern.«

Sie schüttelte den Kopf. »Glauben Sie ihm nicht«, sprach sie in Florians Richtung, »er kann es einfach nicht überwinden.«

»So ein Unsinn!«, rief Günter Greilach und erhob sich. »Was soll ich denn nicht überwinden können! Natürlich ist es nicht schön, wenn hinter dem Rücken gegen einen intrigiert wird, aber das habe ich schon in dem Augenblick verziehen, in dem es geschah. Ich wäre auch der Letzte, der Hans diesen Auftrag nicht gegönnt hätte, aber dieser Brunnen selbst, an dem ihr euch jetzt alle mittäglich vergnügt, ist eine Schande und nichts weiter als ein ekelhaftes Verbrechen. Allein aus alter Freundschaft hätte Hans zumindest mal mit seinem Entwurf zu mir kommen können. Für mich wäre es ein Leichtes gewesen, ihm wenigstens die schlimmsten Auswüchse dieses Entwurfes auszureden oder ihn selbst mit ein paar Strichen zurechtzustutzen. So weit, dass ich damit gleichsam seine ganze dilettantische Handschrift mit ausradiert hätte, wäre ich doch nie gegangen, aber immerhin stünde dann da jetzt nicht diese verlogene, anbiedernde Plätscheranlage mit ihren süßlich verklärenden Zitatverweisen auf die Ursprünge des Städtchens als lokales Holzhandelszentrum.« Er lachte auf. »Dieses gesamte Unterfangen«, hob er die Stimme wieder an, »ist nichts weiter als eine lächerliche Verschandelung. Selbst in seinen kühnsten Gedanken kann man sich kaum etwas Grauenhafteres ausdenken. Hier hat sich jemand vollständig entblößt und von seiner wahren Seite gezeigt.« Er ließ sich auf seinen Stuhl zurücksinken. »Wissen Sie«, fuhr er fort, indem er sich zu dem jungen Doktoranden vorbeugte und mit dem Finger auf dessen Brust deutete, »es gibt ja im Prinzip nur drei Kategorien von Kunstschaffenden: die größte Gruppe, das sind die komplett ordinären, solche wie Hans, die immer nur selbst verordneten Konventionen folgen und weder eine Empfindung noch eine Idee der Kunst gegenüber haben. Allein der Wunsch danach und die Hoffnung, dass es irgendwo Menschen gibt, denen es gefällt, was sie machen, treibt sie voran, und so malen sie ohne jeden Plan irgendwelche Leinwände voll oder auch Bretter und Wände, oder sie stellen etwas mühsam selbst Erbautes auf einen Sockel oder an einen anderen Ort, der ihnen passend erscheint, und immer umspielt sie dabei ein unschuldiges Lächeln, als hätten sie in Wirklichkeit gar nichts getan, und das ist ja auch das Einzige daran, was tatsächlich der Wahrheit entspricht.«

»Welcher Wahrheit?«, fragte seine Frau, und er warf ihr einen scharfen Blick zu.

»Die zweite Sorte«, fuhr Günter Greilach fort und klopfte mit dem Finger auf den Tisch, »da wird es dann schon interessanter, das sind die Geisteskranken. Die Geisteskranken ...«

»Das habe ich aber schon lange nicht mehr vernommen«, fuhr sie dazwischen. »Das ist doch aus der Mottenkiste. Das musste ich mir früher schon immer anhören.«

Günter Greilach sah seine Frau erbost an. »Wenn dich das langweilt«, sagte er, »dann hat bestimmt niemand hier im Raum etwas dagegen, wenn du jetzt einfach mal einer anderen Beschäftigung nachgehst, anstatt uns hier weiter zuzuhören.«

Sie zuckte mit den Schultern. »Habe ich behauptet, dass es mich langweilt?«, sagte sie und lächelte ihm zu. »Wie sollte ausgerechnet ich dazu kommen«, fuhr sie fort, »etwas so Abfälliges über deine kühnen Gedanken zu sagen? Wenn ich mich recht erinnere, habe ich sogar gerade gar nichts gesagt.« Sie wandte den Kopf herum und strahlte. »Oder haben Sie etwa gehört, dass ich gerade etwas gesagt habe, Florian?«

Günter Greilach beugte sich ihr entgegen. »Das findest du wohl lustig«, sagte er. »Du müsstest dich in diesem Moment mal im Spiegel sehen. Diese trüben Augen, die sich ins Kindische flüchten. Unwürdig ist der einzige Begriff, der mir dazu einfällt.«

Sie kicherte kurz auf und strahlte dann wieder Florian an. »Jetzt hält er mich wahrscheinlich auch für geisteskrank.«

»Das würdest du dir vielleicht wünschen«, sagte ihr Mann, »aber selbst davon bist du meilenweit entfernt.«

»Wissen Sie«, fuhr er fort, indem er sich in seinen Stuhl zurücklehnte und zu dem jungen Doktoranden hinsah, »die begabtesten unter meinen Kollegen, die ich in den vielen Jahren kennenlernen durfte, waren allesamt Geisteskranke, solche, bei denen Geschicklichkeit und Zwang Hand in Hand gehen. Ich meine ja mit Geisteskranken nicht die Verrückten, die in den Heilanstalten vor sich hin malen, sondern ich meine all diejenigen, denen, wenn sie von ihren Bildern aufschauen, die Welt fremd und unwirklich erscheint. Die Geisteskranken, das sind die, die, von ihrer ebenso ungezügelten wie monotonen Fantasie getrieben, immer nur hinzufügen wollen und die, ließe man sie nur endlos gewähren, ohne jede Rücksicht auf bereits Vorhandenes jede nur erreichbare Leinwand und jedes Blatt Papier, jede Motorhaube und jede Hauswand, ja, sogar die Berge und Wolken in ihrem Sinne umgestalten würden.«

Er machte eine Pause, sah zur Decke hinauf, zog an

seinem Zigarillo, und da es erloschen war, beugte er sich vor und griff nach dem Feuerzeug. Seine Frau, die ihn dabei beobachtete, lehnte sich, als er das Feuerzeug an seinen Mund führte, kurz in Florians Richtung.

»Jetzt kommen die Künstler«, flüsterte sie hinter vorgehaltener Hand und fühlte, wie ihre Augen dabei leuchteten. Dann schaute sie wieder zu ihrem Mann hin, der sich zurückgelehnt hatte und den Rauch ausblies.

»Natürlich«, fuhr Günter Greilach fort, »kann es schon mal geschehen, dass die Arbeit dieser Geisteskranken einen verblüfft. Doch darf man sich davon nicht täuschen lassen. Spätestens beim vierten oder fünften Bild erkennt man doch, wohin der Hase läuft. Der innere Ort, aus dem diese Kollegen schöpfen, ist bei ihnen wie eine fremde und undurchdringliche Stadt angelegt, durch die sie selbst täglich mit der immer gleichen Neugier und Verblüffung irren. Insofern formen diese Kollegen auch nichts, sondern greifen nur zurück, und auch sie umspielt dabei ein unschuldiges Lächeln, so als erwarteten sie sogar Verständnis dafür, dass da etwas in ihnen ist, im besten Fall womöglich ein Schmerz oder, mittlerweile noch beliebter, ein nicht bewältigtes Trauma, das es ihnen erlaubt, ihre Fantasie in selbstgefälliger Weise ins Endlose auszudehnen. In Wahrheit jedoch sind diese Kollegen einfach nur feige und faul, und wahrscheinlich müssten sie sich nur einmal auf die Zehenspitzen stellen, um über die Mauern ihrer Stadt hinwegsehen zu können, aber damit käme ihnen natürlich auch alle Gewissheit und Geborgenheit abhanden, und so kriechen sie lieber weiter durch ihre engen Gassen.«

Er sah erneut zur Decke hinauf. Dann drehte er sich auf seinem Stuhl zur Wand, betrachtete die Bilder dort, nahm einen tiefen Zug von seinem Zigarillo und seufzte leise. »Jetzt wird es schwer«, sprach er und nahm einen erneuten Zug. »Wie würden Sie eigentlich«, fuhr er fort und wandte sich zu dem jungen Doktoranden um, »diese dritte Kategorie bezeichnen wollen? Ich«, sagte er nach einer kurzen Pause und wies dabei mit beiden Händen auf seine Brust, »würde sie der Schlichtheit halber am liebsten nur die Künstler nennen.«

Günter Greilach schloss die Augen.

»Was aber ist ein Künstler eigentlich?«, fragte er dann und öffnete die Augen wieder. »In erster Linie würde ich behaupten wollen, ein Künstler ist vor allen Dingen ein strenger Arbeiter und ein Geduldsmensch. Dabei spielt die so häufig aufgeworfene Frage, nämlich ob die Kunst zu einem hin- oder aus einem hervorkommt, eine kaum mehr als nichtige Rolle. Antworten, die nicht zu finden sind, soll man auch nicht suchen. Natürlich ist immer auch die Haltung bestimmend, aber auch diese Haltung unterscheidet sich in keiner Weise von der, die eigentlich jeder Mensch einnehmen sollte. Wir alle können doch nur dankbar für dieses Leben sein, und deshalb können wir im Grunde genommen gar nichts anderes tun, als das, was wir auf dieser Welt erblicken und empfinden dürfen, auf unsere Weise, in nur leicht gewandelter Form, der Welt auch wieder zurückzuschenken. Dem Künstler gebührt dabei nicht nur eine besondere Stellung, sondern ihm kommt auch die wichtigste Aufgabe zu, denn das, was er der Welt zurückgibt, wird ein Teil von ihr bleiben. Nur, um sich ganz in den Dienst dieser Aufgabe zu stellen, sollte er die Freiheit, die er sich erwählt hat, nutzen und sich, über alle persönlichen Grenzen hinweg, stetig ins Offene und Unwirkliche treiben lassen, denn nur dort schärft sich sein Blick, und nur dieser geschärfte Blick ist es, der die Dinge durchdringt und, unter Ausschluss des Verstandes, der Hand befiehlt, diese herrliche Willkür unserer Existenz auf einem Blatt Papier oder einem Stück nachlässig aufgezogener Leinwand zu bannen.«

Er lehnte sich zurück, blies sachte auf die Glut seines Zigarillos und drehte sich wieder der Wand mit seinen Bildern zu. Über seinen Rücken hinweg verfolgte seine Frau diesen Blick.

»Das hast du heute aber kurz gemacht«, sagte sie und sah mit einem Lächeln zu Florian hin, der einmal mehr auf sein Telefon schaute. »War das wirklich schon der ganze Vortrag?« Mit den Fingern begann sie, auf die Tischplatte zu klopfen. »Vielleicht kannst du uns ja am Ende wenigstens noch erläutern, zu welcher der drei Sorten von Kunstschaffenden du dich eigentlich zählst.«

Günter Greilach spürte, wie seine Hände sich zu Fäusten ballten und seine Oberlippe zu beben begann.

»Was fällt dir eigentlich ein!«, hörte er sich plötzlich schreien, wobei er den Oberkörper heftig zurückschwang.

Sie warf die Arme in die Höhe. »Das war doch wieder nur ein Scherz!«, rief sie und lachte auf, »es wird doch wohl noch erlaubt sein, zwischendurch mal einen kleinen Spaß zu machen. Was soll denn Florian sonst von uns denken«, fuhr sie fort und deutete mit dem Kopf in seine Richtung. »Gerade du kannst es dir gar nicht leisten, dass er denkt, wir beide wären schon ganz verknöcherte Menschen.«

Günter Greilach umklammerte mit beiden Händen die Tischkante. »Sollte er das von dir denken«, zischte er, »liegt er damit bestimmt nicht falsch.«

Sie sah zur Decke hinauf und schüttelte den Kopf. »Wie kann man nur so selbstgerecht sein«, sagte sie, »wer versucht denn die ganze Zeit, hier ein bisschen Lockerheit in die Runde zu bringen?«

»Lockerheit«, wiederholte er und fühlte, wie sein Griff sich noch verstärkte, »seit wann geht es hier um Lockerheit! Deine albernen und dummen Witze kannst du dir sonst wohin stecken. Die brauchen wir hier nicht. Wir amüsieren uns nämlich ohne sie deutlich besser.«

Sie beugte sich zu ihm vor. »Das kannst du vielleicht von dir behaupten, aber nicht von Florian. Du weißt doch gar nicht, was er über all das, was er hier sieht und hört, überhaupt denkt. Vielleicht hat Florian dazu ja ganz eigene Vorstellungen. Dir aber kommt nicht einmal in den Sinn, ihn danach zu fragen. Du interessierst dich doch gar nicht für andere Menschen. Seit Langem schon genügt es dir, dich selbst zu hören. Alles andere ist dir mittlerweile viel zu anstrengend. Selbst harmlose Scherze verstehst du nicht mehr, und deshalb hast du auch keine Vorstellung davon, wie mühsam es ist, mit dir an einem Tisch zu sitzen. Immer schaut man in dieses bierernste Gesicht und muss sich dabei diese geschwollenen Reden anhören. Aber dafür«, fuhr sie fort, indem sie sich erhob und mit ausgestrecktem Arm auf die Brust ihres Mannes wies, »hat Florian diese lange, anstrengende Reise bestimmt nicht unternommen. Er ist nämlich im Gegensatz zu dir, so wie ich, ein ganz normaler Mensch, mit dem man auch ganz vernünftig reden kann. Da muss man sich gar nicht immer so aufplustern, sondern man kann da auch mal zuhören. Aber das verstehst du nicht. Für dich sind doch alle Menschen nur Puppen. Genauso gut könntest du auch die ganze Zeit zu leeren Stühlen hin sprechen.« Sie holte tief Luft, beugte sich hinab und stützte sich mit beiden Händen auf der Tischplatte ab.

Günter Greilach verschränkte die Arme und grinste zu dem jungen Doktoranden hin. »Ich höre hier eigentlich nur eine reden.«

Sie lachte auf. »Natürlich!«, rief sie, schnellte mit einem Ruck in die Höhe und begann, im Raum auf und ab zu gehen. »Das gehört ja auch noch dazu«, sprach sie, »dass du einfach nicht in der Lage bist, auch nur die kleinste Kritik anzunehmen. Anstatt vielleicht mal darüber nachzudenken, was man dir sagt, willst du nur das letzte Wort haben. Aber wie du siehst, macht das weder auf mich noch auf Florian auch nur den geringsten Eindruck. Du müsstest bloß mal einen offenen Blick auf ihn werfen, um zu sehen, wie sehr ihn deine vielen Worte langweilen. Es interessiert ihn nämlich einfach nicht, was du hier die ganze Zeit redest. Nur aus Höflichkeit hört er dir überhaupt noch zu, und wenn du nicht so vollständig eingenommen von dir wärst, würdest du vermutlich sogar feststellen, dass dieses ganze Gerede nicht einmal dich interessiert. Aber selbst das würdest du nicht zugeben wollen. Lieber führst du dich weiter so auf, wie du dich schon die ganzen letzten Jahre hier in diesem Haus aufgeführt hast. Dabei ist es doch nicht nur aufregend, sondern auch toll, dass uns so ein junger Mensch wie Florian hier besucht, und mir jedenfalls macht es großen Spaß, mit ihm am Tisch zu sitzen und zu reden, und es ist auch ganz einfach, sich in ihn hineinzuversetzen und zu erraten, was ihn wirklich interessiert und welche Fragen er haben könnte.«

Günter Greilach grinste erst seine Frau und dann den jungen Doktoranden an. »Na, da sind wir aber mal gespannt.«

Auch sie sah kurz zu Florian hin, der, tief nach vorne gebeugt, auf sein Telefon schaute. Dann ließ sie ihren Blick durch den Raum schweifen, trat auf die Wand zu und zeigte auf ein Bild in deren Mitte.

»Zum Beispiel, was du dir dabei gedacht hast«, sagte sie.

Günter Greilach drehte sich zu ihr um.

»Was ich mir dabei gedacht habe«, wiederholte er und kicherte leise, »haben Sie gehört?«, fuhr er fort und wandte sich dem jungen Doktoranden zu. »Was ich mir dabei gedacht habe, ist die Frage, die Sie interessieren soll. Ich glaube«, sprach er jetzt wieder zu seiner Frau, »dass da jemand von Grund auf etwas nicht verstanden hat.«

»Ist das deine Antwort?«, sagte sie und fuhr fort, auf das Bild zu zeigen, »du musst dir doch etwas dabei gedacht oder wenigstens vorgestellt haben. Irgendetwas muss doch dahinter sein.«

»Dahinter?«, fragte Günter Greilach und kratzte sich am Kopf. »Jetzt wird es ja wirklich kurios. Was glauben Sie denn, was dahinter ist?«, fragte er in Richtung des jungen Doktoranden. »Also wir glauben«, fuhr er fröhlich fort und sah wieder seine Frau an, »dass dahinter die Wand ist. Aber wenn du eine andere Idee dazu hast, sind wir selbstverständlich hellhörig.«

»Natürlich!«, rief sie und schlug sich mit beiden Händen an die Stirn, »das war mir schon klar, dass du auch das nur wieder ins Lächerliche ziehen kannst. Dabei habe ich dir eine ganz einfache Frage gestellt. Nur hätte ich mir gewiss auch schon vorher denken können, dass du selbst längst vergessen hast, was du dir dabei gedacht hast, und dich nur nicht traust, es vor Florian auch zuzugeben.«

Günter Greilach schnellte von seinem Stuhl hoch. »Was soll ich mich nicht trauen zuzugeben?«, fuhr er seine Frau an und trat auf sie zu. »Du hast ja nicht die leiseste Ahnung, wovon du redest. Allein die Frage ist bescheuert. Ich bin doch kein Illusionist. Du weißt ja nicht einmal, von welcher Kategorie du sprichst. Für mich hat die Wirklichkeit eine Bedeutung. Nur lohnt es überhaupt nicht, dir das auseinanderzusetzen. Genauso gut könnte ich es auch dem Eckschrank erzählen. Für dich zerbricht ein Teller doch nur dann, wenn er kaputtgeht, aber so kausal und langweilig ist die Welt zum Glück nicht, denn dann bräuchten wir keine Künstler. Dann könnten wir nämlich alle, so wie du es jetzt schon tust, tagaus, tagein mit naivem Blick durch diese öde Alltäglichkeit spazieren, und auch vor den immerwährenden Lügen, die uns dort begegnen, müssten wir uns nicht schützen, denn die gäbe es dann nämlich gar nicht. Aber diese Welt existiert eben nur für dich. Nur du räkelst dich von morgens bis abends wohlig in dieser Falschheit und vielleicht noch deine abgeschmackten Freunde, wenn ihr gemeinsam neben dieser Plätscheranlage sitzt. Ihr alle ertragt die Wahrheit doch schon lange nicht mehr. Für euch ist ein Künstler nichts weiter als ein Kasperl, der sich genau das vorzustellen hat, was ihr euch auch vorstellt. Aber das ist ein gewaltiger Irrtum, und irgendwann, und zwar spätestens dann, wenn auch unser Gast hier euch eure Ignoranz um die Ohren haut, wird euch dieser Irrtum noch schwer auf die Füße fallen, und ihr werdet euch wünschen, dass überhaupt noch jemand zu euch spricht.« Er drehte sich zu dem jungen Doktoranden um. »Sehen Sie«, sagte er, trat einen Schritt auf ihn zu und legte ihm die Hand auf die Schulter, »das ist der Kampf, den wir führen müssen. Stein um Stein müssen wir diese Mauer abtragen, denn wir beide wissen, dass es mitnichten die Aufgabe eines Künstlers ist, sich etwas vorzustellen, sondern wir beide wissen, dass seine Aufgabe ausschließlich darin besteht, etwas zu finden. All diese Bilder hier«, fuhr er fort und wies zur Wand hin, »sind Räume, die ich als Erster betreten und urbar gemacht habe, sodass sie jetzt der ganzen Menschheit zur Verfügung stehen. So wie sich der Strich beim Zeichnen durch diese endlose Leere quält, die ihn auf dem Papier umgibt, so habe auch ich mich immer wieder auf den Weg gemacht, und mein einziges Ziel bestand darin, dieser Leere eine Schönheit abzugewinnen und ihr einen Ausdruck zu verleihen, denn sie allein, und das weiß jeder, der einmal auf einem Blatt oder einer Leinwand diese Wege zurückgelegt hat, ist das Abbild und der Spiegel unserer Welt.«

Günter Greilach hob die Hand von der Schulter des jungen Doktoranden, trat einen Schritt zur Seite, beugte sich über den Tisch, nahm ein Zigarillo aus der Dose, zündete es an und sah auf das Schnapsglas hinab. »Dieses Glas hier zum Beispiel ...«

»Jetzt ist aber mal Schluss!«, unterbrach ihn seine Frau, und er drehte sich zu ihr hin. »Nein!«, rief sie und streckte die Arme in seine Richtung aus, »jetzt bin ich dran. Du hast genug geredet. Oh!«, flötete sie, hob den Blick zur Decke hinauf und begann, auf der Stelle hin und her zu tänzeln, »der Herr macht sich in die Leere auf, um dort die Leere zu finden.« Sie stampfte mit dem Fuß auf. »Hörst du denn gar nicht, was für einen Unsinn du redest!«, schimpfte sie und zeigte mit dem Finger auf ihn, »womöglich glaubst du sogar noch an das, was du da sagst. Nur unterschätzt du dich dabei ausnahmsweise mal vollkommen. Du musst dich nämlich gar nicht mehr aufmachen. Ein Blick in den Spiegel würde bereits vollends genügen, dass dir diese ganze Leere, von der du träumst, in voller Pracht entgegenscheint. Aber unseren Florian«, fuhr sie fort, indem sie auf den jungen Mann zutrat und ihn nun ihrerseits mit beiden Händen an den Schultern umfasste, »den ziehst du da nicht mit hinein. Der will dir nämlich gar nicht in diese Leere folgen. Der ist nämlich wie ich ein lebensbejahender Mensch. Du aber bringst schon seit Jahren nur noch Unglück über andere, oder hast du schon vergessen, was mit Gerd passiert ist?«

Günter Greilach verschränkte die Arme und fixierte seine Frau mit leicht zusammengekniffenen Augen. »Ich glaube, du lässt uns jetzt besser allein.«

»Euch beide? Hier?«, rief sie, drückte sich von den Schultern ab, stemmte die Hände in die Hüften und schüttelte wild den Kopf. »Nein!«, sagte sie, wobei sie sich schon wieder vorbeugte und die Schultern des jungen Mannes jetzt noch fester umfasste, »ich lasse meinen Florian ganz bestimmt nicht mehr mit dir allein, diesen Fehler mache ich nicht noch mal.« Sie neigte sich zu ihrem Gast hinab. »Wissen Sie«, sprach sie, »der letzte Mensch, vor dem mein Mann glaubte, immerzu diese geschwollenen Reden halten zu müssen, hat sich nämlich umgebracht. Dabei ist der Gerd die ganzen Jahre immer nur meinetwegen in dieses Haus gekommen. Nur meinetwegen«, fuhr sie fort und hob den Blick zu ihrem Mann, »hat er dir diese ganzen Bilder abgekauft, weil er nämlich in mich verliebt war.«

»Verliebt!«, rief ihr Mann und prustete in die Luft. »In dich? Wie kommst du denn darauf!«

Sie streckte das Kinn in seine Richtung. »Weil er mir zum Beispiel immer etwas mitgebracht hat, aber das hast du ja nicht einmal gemerkt.«

Günter Greilach grinste in sich hinein. »Was hat er dir denn immer Schönes mitgebracht?«

»Blumen.«

»Blumen!«, wiederholte er. »Was denn sonst. Der Gerd war ja auch Melancholiker.«

»Was weißt du schon über den Gerd«, zischte sie, »du hast doch immer nur hier, von deinem Sessel aus, auf ihn eingeredet, und wenn er dann zu mir in die Küche kam, war er immer ganz erschöpft, mit Ringen unter den Augen, und trotzdem hat er nie vergessen, mir Komplimente zu machen, und auch über seine Frau und seine Tochter hat er mir immer alles anvertraut, und wenn du es noch genauer wissen willst, hat er mir dort mehr als nur einmal gesagt, wie gern er mich hat.«

»Natürlich hat er das«, tönte Günter Greilach. »Du glaubst doch nicht, dass ich das nicht wusste. Nur hatte das gar nichts mit dir zu tun. Alles hätte der Gerd getan, um mir noch näher zu kommen. Der wäre sogar in dich hineingekrochen, nur des Gefühls wegen, auch auf diese Weise näher bei mir sein zu können.«

Sie beugte sich wieder zu Florian hinab. »Hören Sie sich doch nur mal diese Worte an«, kreischte sie. »Was ist denn das für ein Mensch! Angefleht hat der Gerd meinen Mann immer wieder, ob er ihm nicht das eine oder andere Bild etwas billiger überlassen könnte, aber das hat meinen Mann nur dazu angestachelt, mit dem Preis noch höher zu gehen.« Sie hob den Kopf. »Dabei war der Gerd schon damals hoch verschuldet.«

»Wie hätte ich denn das zu dieser Zeit wissen sollen?«, rief Günter Greilach.

Sie kniff die Augen zusammen. »Natürlich wusstest du das. Das konnte doch jeder sehen. Aber das ist noch längst nicht alles.« Wieder neigte sie ihren Kopf zu dem jungen Mann hinab. »Wissen Sie«, sagte sie, »als der Gerd sich vor fast genau vier Jahren das Leben genommen hat, kam ein paar Monate später seine Frau zu uns, und sie hat meinen Mann gebeten, ob er nicht wenigstens ein paar der Bilder zum gleichen Preis zurücknehmen könne, weil ihre Tochter gerade im Begriff stand, ein Studium in Aachen zu beginnen, aber das hat ihn natürlich gar nicht gerührt. Das war dir ja wieder völlig egal«, fuhr sie fort, indem sie den Kopf hob, »obwohl wir das Geld sogar gehabt hätten.«

»Weil ich im Gegensatz zu dir an die Zukunft denke!«, rief er.

»Welche Zukunft!«

Günter Greilach schwenkte seinen Arm durch den Raum. »Die Zukunft!«, rief er, »die genau hier stattfinden wird, hier in diesem Haus, in diesem Raum und mit diesem jungen Mann dort auf dem Sessel, diesem ausgezeichneten Doktoranden, der bald schon seine unerhörte Arbeit über mich …«

Sie klatschte in die Hände. »Welcher Doktorand!«, rief sie.

Günter Greilach zuckte kurz zusammen. »Dieser!«, rief er und wies zu dem jungen Mann hin.

»Dieser«, wiederholte sie, trat einen Schritt zurück und zeigte nun ihrerseits von hinten auf Florian. »Der hat doch noch nicht einmal mit dem Studium begonnen. Das ist überhaupt kein Doktorand!«

Günter Greilach lachte auf. »Natürlich ist das ein Doktorand. Was soll er denn sonst sein?«

Sie trat wieder vor und legte ihrem Gast erneut die Hände auf die Schultern. »Florian ist einfach nur ein junger Mann«, sagte sie, »und mir reicht das auch. Nur für dich muss ja alles immer gleich etwas ganz Besonderes sein. Ein junger Mann nur für sich genügt dir nicht, damit allein gibst du dich nicht zufrieden. Für dich muss er dann unbedingt auch noch ein Doktorand sein.«

Günter Greilach sah zu dem Gast hinab, der seine Bauchtasche befühlte, und machte einen Schritt auf ihn zu. »Ich glaube, Sie sitzen auf meinem Platz«, sagte er.

Florian hob den Kopf, nickte kurz, umfasste dann mit beiden Händen die Armlehnen des Sessels und erhob sich. Leicht schwindelte ihn. Er hatte ja auch viel geraucht. Neben ihm stand Frau Greilach, dem Blick ihres Mannes wich er aus. Stattdessen sah er noch einmal zu den Wänden hin, holte tief Luft und spürte, wie es ihn aus dem Raum hinausdrängte.

»Danke«, hörte er sich auf den Stufen sagen, und im Auto, dessen Motor bereits lief, blendete ihn die Sonne, die grell durch die Windschutzscheibe schien, und er nahm sich vor, nach ein paar Kilometern anzuhalten, um einen Spaziergang zu unternehmen, und als er dann wendete, da stand das Gesicht seiner Mutter vor ihm, wie sie immer schon am Küchenfenster auf ihn gewartet hatte, wenn er aus der Schule gekommen war, und auf dem Sessel seines Vaters saß Günter Greilach und schaute auf die Wand mit den Bildern, und Natascha Greilach schnippte auf ihrem Stuhl nervös mit den Fingern.

»Du willst doch nicht wirklich hier sitzen bleiben«, sagte sie, »um diese Zeit bist du sonst auch immer im Atelier.«

Er rührte sich nicht.

Sie sah zur Treppe hin.

»Aber das Auto hast du starten gehört?«, fragte sie. »Hat er eigentlich seine Jacke dabei? Ich weiß gar nicht, wo seine Jacke ist. Habe ich die gestern an die Garderobe gehängt, oder ist die noch oben in seinem Zimmer?« Sie sah zu ihm hin. »Du weißt doch, diese Lederjacke.«

Er seufzte auf. Dann erhob er sich, ging mit langsamen Schritten auf den Eckschrank zu, nahm die Flasche mit dem Zwetschgenbrand heraus, legte sie sich in den Arm und machte sich auf in Richtung Treppe.

»Wie ein Greis«, hörte er sie hinter sich sprechen, »du bewegst dich schon wie ein Greis.«